FUSION FANTASTIC STORY

자미소 장편소설

GRAND SLAM

그랜드슬램

그랜드슬램 8
자미소 장편소설

초판 1쇄 찍은 날 § 2017년 4월 13일
초판 1쇄 펴낸 날 § 2017년 4월 20일

지은이 § 자미소
펴낸이 § 서경석

편집책임 § 최지원
편집 § 이창진

펴낸곳 § 도서출판 청어람
등록번호 § 제387-1999-000006호
등록일자 § 1999. 5. 31
어람번호 § 제1-2676호

주소 § 경기도 부천시 부일로 483번길 40 서경B/D 3F (우) 14640
전화 § 032-656-4452 팩스 § 032-656-4453
http://www.chungeoram.com
E-mail § chungeorambook@daum.net

ISBN 979-11-04-91273-3 04810
ISBN 979-11-04-91038-8 (세트)

C O N T E N T S

Chapter 61
클레이 시즌이 오다

영석은 기분 좋은 탈력감에 온몸을 늘어뜨리고 편안하게 누워 있었다.

'설마 체력이 다 떨어졌을 줄이야……'

기분 좋게 에너지를 쏟아붓고 나니 일행과 식사를 하고 얘기를 나눌 때부터 잠이 쏟아지기 시작했었다.

'애거시도… 그래서 쥐가 났던 건가?'

고작 3세트 경기.

'프로'라는 수식어가 붙은 이들에게 3세트 경기는 그리 힘든 일정이 아니다.

백전노장(百戰老將)의 애거시가 호흡곤란에 다리에 쥐까지 났다는 것 자체가 신기한 일.

하지만 모든 것은 때와 경우란 것이 있는 법이다.

영석과 애거시는 이 결승에서 그들이 낼 수 있는 모든 역량, 그 이상의 것을 코트에 풀어냈다.

뜨고 있는 태양인 영석은 신출내기가 토해낼 수 있는 모든 역량을, 석양에 해당하는 애거시는 회광반조(回光返照)를 보인 것이다.

영석이 불길을 뿜어내고,

애거시가 그 불길을 받아들여 더욱 뜨겁게 달군다.

타오르기는 매한가지.

불길을 키우고 키워서 서로가 서로를 삼키는 지경에 이르러서야 경기는 그런 형식으로 끝난 것이다.

'지친다, 지쳐……'

습관적으로 영석은 하나하나의 포인트를 복기하기 시작한다.

아무리 피곤에 절었어도 몸과 정신에 녹아 있는 습관은 기계적으로 작동한다.

펑!!

쾅!!

머릿속으로 타구음이 쩌렁쩌렁 울린다.

옷자락을 휘날리며 숨도 못 쉬고 경주마처럼 정신없이 내달리는, 가슴 뻐근한 애거시의 모습이 눈을 어지럽힌다.

"대단했어……"

후끈—

안마를 받아서인지, 온몸이 옅은 열을 내며 영석에게 수면을 강요했다.

그리고 영석은 덥석— 수마(睡魔)에 사로잡히고 말았다.

기분 좋아 보이는 미소를 머금은 채.

＊   ＊   ＊

테니스의 1년 일정을 살펴보면, 명백한 '흐름'이라는 것이 눈에 띈다.

〈하드—클레이—잔디—하드〉

바로 코트의 재질이 '흐름'에 해당하는 것.

1/4분기, 2/4분기, 3/4분기, 4/4분기가 딱 맞아떨어지게끔 일정이 잡혀 있다.

물론, 하드〉클레이〉잔디 순으로 대회의 개수는 다르지만 말이다.

4월.

2003년의 초반이 흐른 지금, 여전히 빡빡한 일정은 선수들에게 하나의 질문을 던진다.

―몸은 다 풀렸어?

'클레이 시즌'이라는, 영석에게는 미답의 영역이 기다리고 있는 것이다.

"포르투갈?"

―응. 형택이 형이랑 와 있는데, 좋다 야. 캬~ 프로의 삶인가, 이게?

수화기 너머로 마이애미에서의 분투(奮鬪) 끝에 패배를 하고

만 이재림의 목소리가 들린다. 그새 털어낸 듯, 목소리에 활기가 넘쳤다.

영석은 웃음기를 머금고, 이재림의 호연지기를 가만히 들어주고 있었다.

그리고 날린 촌철살인(寸鐵殺人).

"프로는 맞지. 프로라면… 이제 슬슬 우승할 때도 되지 않았나… 나는 그렇게 생각해."

―크아악!! 죽여 버릴 거야!!

어울리지 않는 능청스러움과 콩트처럼 웃긴 반응.

영석은 키득거리면서도 '어떤 이유'로 인해 조금은 침잠한 마음을 다스리고 있었다.

Estoril Open.

이재림이 참가할 대회의 이름이다.

포르투갈에서 열리는 이 대회는 ATP250, 티어 IV급의 작은 대회다.

물론, 작다는 건 톱10 안에 들어가 있는 영석과 진희에게나 해당하는 것이지, 보통의 프로들에겐 해당하지 않는다.

클레이 시즌은 둘이서 한 몸처럼 붙어 다니는 영석과 진희에겐 썩 유쾌하지 않은 시기다.

시작부터 끝까지 함께하고 싶어 하는 것은 둘 다 같은 마음이었기 때문에 더더욱 마음이 안 좋을 수밖에 없는 것이다.

오클랜드 오픈을 시작으로 호주 오픈, 두바이 오픈, 그리고 마이애미까지… 2003년의 1/4분기는 ATP와 WTA가 많이 겹친다.

영석과 진희가 스킵한 인디언웰스도 그렇고, 마이애미도 ATP와 WTA가 겹친다.

그리고 이 두 대회는 규모와 급이 높은 대회였고, 참가하고 우승까지 한 마이애미의 경우엔 충분히 진희의 '전년도 세계 랭킹 30위로서의 의무 규정'을 충족시키기까지 한다.

여담이지만, 이런 '참가의 의무'가 있는 대회는 톱 랭커들이 대거 참가하게 마련이고, 사실상 메이저 대회와 거의 동일한 대진표가 구성된다.

진희는 이런 대회에서 우승한 것이다.

다시 본론으로 돌아가서, 4월의 일정을 맞이하게 된 영석과 진희는 첨예한 고민을 시작하게 된다.

4월에 ATP와 WTA가 겹치는 대회는 단 하나, 바로 이재림과 이형택이 참여하기 위해 머물고 있는 포르투갈의 Estoril Open만 해당한다. 카사블랑카에서 열리는 대회 하나도 겹치지만, WTA의 일정이 미묘하게 ATP보다 빨라서 마이애미에서의 대회가 끝난 지금, 일정을 맞출 수는 없다. 꼼짝없이 5월에 이탈리아 로마에서 열리는 대회까지 영석과 진희는 생이별을 해야 하는 처지인 것이다. 진희는 Estoril open에 나가는 것이 큰 손해이기 때문이다.

이 문제는 당연하게도 사전에 협의가 끝나 있었다.

진희는 같은 미국, 사우스캐롤라이나(South Carolina)의 찰스턴(Charleston)에 간다.

찰스턴에서 열리는 대회는 Estoril에서 열리는 대회와 일정이 완전히 겹친다.

하지만 하나부터 열까지 '급'이 달랐다.

Family Circle Cup.

대회의 급은 티어 I.

메이저를 제외하면 가장 높은 대회 중 하나다. 인디언웰스를 포기한 이상, 이 대회를 참가하는 것이 랭킹 포인트를 얻기 위한 가장 합리적인 방안이다.

마이애미와 마찬가지로, 이 대회에 참가할 선수들의 면면은 화려하기 그지없다.

톱 프로에 해당하는 진희로서는, 놓쳐서는 안 되는 경기인 셈이다.

이 대회가 끝나면 폴란드의 바르샤바.

그다음은 독일 베를린이다.

무려 세 개의 대회를 참가해야 5월에 영석과 만날 수 있는 이탈리아 로마까지 도달할 수 있다.

영석은 진희에 비해 심리적으로 여유롭다.

우선은 포르투갈에 가서 이재림, 이형택과 함께 Estoril Open에 참가하여, 클레이 시즌을 대비한 가벼운 워밍업에 돌입한다.

그 후에는 모나코의 몬테카를로(Monte—Carlo)로 간다. 몬테카를로에서 열리는 대회는 마이애미와 같은 '마스터스 시리즈'.

랭킹 포인트가 무려 1,000이나 걸려 있는 대회다.

그다음은 스페인의 발렌시아.

ATP500에 해당하는 'CAM Open Comunidad Valenciana'에 참가한다.

그리고 나서야 이탈리아 로마에 도달할 수 있다.

드디어 ATP와 WTA가 겹치는 로마에서 감격의(?) 재회를 만끽하고 나면, 대망의 프랑스 오픈(롤랑가로스)이 5월 26일에 시작된다.

프랑스 오픈을 끝으로, 클레이 시즌은 끝이 나고, 잔디의 시즌이 돌아온다.

그리고 맞이하는 것은 그 유명한 '윔블던'.

윔블던을 치르고 나면, 주니어 부문에서 우승한 바 있는 US 오픈, 하드 코트 시즌이 다시 돌아온다.

그리고 대망의 투어 파이널을 끝으로 1년의 일정이 모두 끝나는 것이다.

         *   *   *

출발은 영석과 진희 모두 동시에 한다.

다른 국가, 다른 대회이지만 두 대회 모두 4월 7일에 시작하기 때문이다.

영석은 포르투갈로, 진희는 사우스캐롤라이나로 가게 됐다.

마이애미는 플로리다 주에 속했기 때문에, 진희의 경우에는 같은 미국 남동부인 사우스캐롤라이나로 가기 위해 지상의 이동 수단을 이용한다.

"형……."

공항.

머릿속으로 인지는 하고 있었지만, 막상 한 달여 동안 헤어지게 된 처지가 퍽 애달픈 것인지, 진희는 울상이었다.

영석 또한 마음이 안 좋긴 마찬가지였다.

진희를 혼자 두는 것 자체가 2001년을 생각나게 해서 썩 기분 좋진 않은 것이다.

'진희가 빠른 시간 안에 랭킹을 올릴 수 있다면, 그렇게 해서 감각을 잘 살려 남은 메이저 대회에서 한 번이라도 우승한다면… 이라는 생각이 옳아. 시간이 지나면 지날수록 ATP와 WTA는 많은 대회가 겹치게 되어 있어. 겹치게 되는 대회만 참가해도 의무 규정 전부를 충족시킬 수 있을 정도로. 조금만 참자.'

안타까움으로 물든 마음과 달리, 영석의 입에서 나오는 말은 타이름이었다.

"괜찮아. 정신없이 시합하다 보면 또 금방 보잖아."

영석은 늘 어른의 포지션.

진희를 달래기 위해 애를 쓴다.

"그래도… 보고 싶으면 어떡해."

"……."

영석은 진희의 머리를 한차례 쓰다듬고는 이마에 입을 맞췄다.

"사진 보내자. 통화해도 되고."

"응……."

"코치님, 진희 잘 챙겨주세요. 혜수 씨랑 서영 씨도 애써주세요."

보호자처럼 구는 영석의 행태에도 최영태는 아랑곳 않고 고개를 크게 끄덕이고는 영석을 격려했다.

"넌 늘 완벽한 아이였으니, 큰 걱정은 안 한다. 부상만 조심하고. 곧 보자."

"넵."

마침 곧 출발하는 항공편을 안내하는 방송이 이어졌고, 영석은 진희에게 한마디를 남기고 몸을 돌렸다.

"우리 진희, 많이 보고 싶을 거야."

"나도! 몸 조심히 다녀와!"

진희는 눈물을 그렁그렁 매단 채 울먹거리는 어조로 말했다.

영석의 뒤로 강춘수와 박정훈이 걸음을 옮겼다.

*   *   *

리스본 포르텔라 공항(Lisbon Portela Airport).

영석은 머릿속에 가득한 혼란을 정리하느라 바빴다.

'그래서… 결국 누가 누구인 거야?'

영석이 비행 내내 읽었던 책은 '카르마조프가의 형제들'.

도스토옙스키(Dostoevskii)라는 러시아의 대문호가 쓴, 세기의 명작이었다.

"끙……"

하지만 영석에게는 등장인물들의 이름이 정리가 되지 않아 골치 아픈 책일 뿐이다.

몇 번 입으로 이름을 웅얼거려 본 영석의 머릿속으로 갑자기 러시아 태생의 테니스 선수 목록이 지나간다.

'마라트 사핀, 다나라 사피나, 마리아 샤라포바, 안나 쿠르니코바.'

우선 대표적인 인물들이 떠오른다.

'예브게니 카펠르니코프도 있고, 니콜라이 다비덴코도 있지.'

러시아는 스페인과 미국 못지않은 테니스 강국이었다.

"아 맞다."

2016년에는 특히나 테니스 강국으로 유명세를 떨쳤던 사실을 떠올린 영석이 손바닥끼리 탁— 마주치고는 생각을 이었다.

'아마… WTA 톱 100위 안에 스무 명 가까이 있었나?'

러시아의 여자 테니스 선수들은 유명했다.

기골이 훌륭할뿐더러, 신체 능력이 탁월하다.

그뿐인가.

WTA 선수가 프로로서, 실력 다음으로 인정받는 또 하나의 수단은 '미모'다.

그 미모가 다들 탁월했다.

테니스를 못 치고 미모 자랑만 하면 매장되지만, 실력이 좋은데 예쁘기까지 하면 추앙받는다. 그게 WTA다.

조금이라도 될 성싶은 러시아의 스포츠 유망주, 특히 여자아이들은 거의 테니스에 몰두하는 진귀한 풍경이 벌어지기도 했다.

또한 러시아는 스포츠 자체를 우대해 주는 풍조로 유명하다.

심지어, 사핀은 나중에 러시아의 국회의원이 된다.

"쿡……."

영석은 피식 웃었다.

'러시아'라는 키워드가 입력되자, 온갖 정보가 머릿속에서 떠오른 자신이 웃겼던 것이고, 테니스 선수들의 이름을 토씨 하나 틀리지 않고 줄줄 꿰고 있는 자신이 재밌었던 것이다. 그뿐인가. '그' 사핀이 나중에 국회의원 노릇을 한다는 것까지도 재미있었다.

"야!!"

멀리서 이재림의 목소리가 들리자, 상념에 빠져 있던 영석의 눈에 또렷한 빛이 맺힌다.

"여어~~!!"

어스름하게 이재림의 실루엣이 보이자 타국에 와 있다는 사실, 클레이 시즌이라는 새로운 영역으로 가야 한다는 사실, 그리고 곧 시합이 시작된다는 가장 중요한 사실이 정신을 사정없이 깨운다.

*　　　　　*　　　　　*

부우우웅―

차 안에서 바깥을 바라보는 영석의 눈빛이 조금은 흐릿하게 젖어 있었다.

비행의 피로도 피로이지만, 포르투갈의 이질적인 분위기도 한몫했다.

'눈으로 보는 지형은 다 비슷할 텐데… 항상 새롭단 말이지.'

잠시간 이런저런 생각을 하다 보니, 귀결하는 것은 고향인 '강남'에 대한 향수다.

'너무 오랫동안 집에 안 간 거 같은 기분이네.'

4개월.

프로 3년 차이지만, 이토록 오랫동안 한국에 들어가지 않는 것은 늘 마음속을 휑하게 만들었다.

음식, 환경 등… 타지에서의 생활에 필요한 모든 요소에 적응하는 것은 큰 무리가 없지만, 정신적인 안식처에 가고 싶다는 본능마저 억누르지는 못했다.

향수인 듯, 향수까지는 아닌… 묘한 심정이다.

"캬~~!! 풍경 죽이고! 몇 번을 봐도 최고다!"

촉촉하고 포근한 안개가 머릿속에 조금씩 끼기 시작하는 찰나, 이 모든 감성을 단번에 깨부수는 이재림의 목소리가 영석을 구렁텅이(?)에서 건져낸다.

오에이라스(Oeiras).

포르투갈 리스보아 현에 위치한 도시로 이번 대회인 Estoril open이 여기에서 열린다.

참고로, 이 지역의 옆에 버젓이 에스토릴(Estoril)이라는 아름다운 휴양지가 있지만, 정작 오에이라스에서 열리는 대회에 Estoril이라는 이름이 붙었다. 'Estoril Court Central'이라는 경기장에서 시합이 열리기 때문이다.

그래서 관광객 중에는 Estoril open을 보기 위해 Estoril에 가는 경우가 왕왕 있다고 한다.

"좋냐?"

영석이 피식 웃으며 물었다.

이재림은 두 눈에 기대감과 흥분을 여실히 드러내며 대꾸했다.

"이 해방감! 이 자유! 선망하던 것을 이루고 있다는 이 충실감!"

과장되게 팔을 휘저으며 주절주절 외치던 이재림은 잠시 멈추고는 작은 목소리로 중얼거렸다.

"이제… 여기에 외국인 소녀와의 달콤하면서도 쌉싸름한 로맨스까지 있다면……."

"풉!"

영석이 그 대목에서 웃음을 터뜨리자, 이재림이 도끼눈을 뜨고는 시선으로 영석을 난도질했다.

"넌 임자 있다 이거지!"

"그래, 임자 있다 이거다. 꼬우면 너도 얼른 반쪽을 찾으렴."

"안 그래도 그럴 거다!!"

이재림은 흥이 식었는지 시트에 등을 깊게 기대고 궁시렁대기 시작했다.

영석은 말이 나온 김에 오지랖을 한 번 더 부리기로 작정했다.

"축구, 야구와 함께 대한민국에서 가장 대중적인 스포츠가 된 게 테니스잖아. 만약 네가 좋은 성적을 얻으며 승승장구하다 보면, 브로커 같은 사람들이 찾아올 거야."

"브로커?"

아시안게임에서 테니스 국가 대표 선수단이 보인 엄청난 성과, 10대에 불과한 영석과 진희의 호주 오픈 우승, 준우승… 테니스는 그야말로 한국에서 유례없는 인기를 구가하고 있었다. 거의 90% 이상이 영석과 진희의 덕을 보긴 했지만 말이다.

태연하게 자신을 금칠한 영석에게는 신경을 끄고, '브로커'라는 단어에 흥미를 보인 이재림이 몸을 기울이며 물었다. 주워듣기만 했을 뿐, 자세히 들어보진 못한 신비의(?) 영역이라 호기심이 동한 것이다.

"뭐, 신인 배우나 아이돌 가수, 혹은 정재계의 2세, 3세 애들까지……. 한번 만나나 보지 않겠냐며 미끼를 던질 수도 있어. 가만히 있는데 미녀들이 절로 찾아온다 이거지."

"잠깐!!"

이재림이 영석의 말을 멈추고는 궁금하다는 듯 물었다.

"너도 그런 사람들이 찾아온 적 있어?"

또래 소년으로서 너무나 궁금한 부분이었고, 이재림은 숨김없이 자신의 궁금증을 내보였다.

영석은 피식 웃으며 고개를 끄덕였다.

"아시안게임 끝나고는 1주일에 한 번. 호주 오픈 끝나고는 거의 매일매일. 그런 점은 진희도 다르지 않아. 진희는 운동선수라기엔 너무 예쁘니까… 나보다 심할걸?"

"흐음……. 너흰 어떻게 대응하고 있어?"

이재림의 물음에 영석은 단호하게 답했다.

"모조리 다 춘수 씨랑 혜수 씨한테 일임했지. '무조건' 거부."

"흐음……."

계속 설명하라는 듯, 고개를 끄덕이며 호응하는 이재림의 모습에 영석은 웃음을 머금었다.

"다시 본론으로 돌아가서… 안 그런 경우도 있겠지만, 거의 대부분은 구설수에 오르게 마련이야. 그런 걸 1년 중 8, 90%를 해외에서 보내는 우리가 지속적으로 신경 쓰기란 꽤나 어려운 일이지."

"흐음……."

이재림은 어느새 영석의 얘기에 흠뻑 빠져들어 가고 있었다.

"초, 중, 고를 엄격한 엘리트 체육 교육을 받으며 자란 선수들에게 '이성'이라는 요소는, 면역력 없는 사람에게 닥친 감기랑 같아. 도저히 항거할 수 없는, 절망적인 상황인 거지. 감기랑 다른 건, 인생을 말아먹을 수도 있다는 차이 정도?"

영석의 냉소적인 말에 이재림은 얼어붙었다.

"이, 인생을 말아먹을 정도야?"

"비시즌이라고는 꼴랑 한 달밖에 없고, 그것도 다음 해를 대비하기 위한 시간에 불과한 테니스 선수한테 평범한 연애란 인생을 걸고 하는 도박이지."

"······."

영석의 말은 정론이어서, 이재림은 절로 고개를 끄덕일 수밖에 없었다.

"가급적이면, 같은 운동선수··· 뭐, 테니스가 어렵다면 골프도 괜찮아. 아니면 평범한 사람도 좋고······. 중요한 건, 연애라는 건 우리에게 굉장한 리스크라는 거야. 성숙하지 않은 시기의 선수에게, 성숙한 가치관을 강요하는··· 참으로 비정한 경우지만, 어쩔 수 있어? 운동선수로, 그것도 프로로 살아가야 하는데."

"······."

이재림은 느낀 바가 많았는지, 상념에 젖어 들어가기 시작했다.

영석은 마무리로 한마디 더했다.

"네가 실업 선수가 됐다면, 내 말은 필요 없었겠지."

투어로 다니는 삶, 즉 '프로'라는 어려운 길을 선택한 이재림이었기에 영석은 이와 같은 오지랖을 부린 것이다.

"어서 와."

훈련 도중이었는지, 땀으로 범벅인 이형택이 영석에게 악수를 청하며 환영의 인사를 건넸다. 흰 양말에는 붉은 기가 도는 입자들이 올올이 박혀 있었다.

"안녕하세요, 선배님."

영석은 가볍게 고개를 숙이고는 뻗어온 손을 붙잡았다.

이를 데 없는 정중한 대응에 이형택은 고소(苦笑)를 머금었다.

'빈틈이 없는 녀석이야, 여전히.'

과거, 더 거슬러 올라가 '역사'의 영역까지 통틀어 한국의 모든 스포츠 선수를 줄 세운다면, 한 손에 꼽힐 만한 대단한 업적을 세울 것임이 분명한 이 빛나는 선수는, 한 차례도 오만함이나 방자함을 내비치지 않았다.

'원래 성격이 그렇다면 더할 나위 없는 거지만, 스스로 조심하는 거라면 심계가 대단한 거지.'

속이야 어떻든, 겉으로 보이는 모습에는 한 치의 틈도 없었다.

진심이든 아니든, 이런 모습을 일관적으로 내비칠 수 있다는 것 자체가 대단하게 보였다.

이내 이형택은 강춘수와 박정훈에게도 인사를 건넸다.

"유능한 에이전트 덕분에 저희까지 덕을 보고 있네요. 아, 박기자님도 안녕하세요. 저번에 보내주신 기사 잘 읽었습니다."

이형택의 말에 박정훈이 신나서 '자랑스러운', '대한민국'이라는 단어를 위주로 대화를 풀어나가기 시작했다.

"……"

영석은 그 모습에 빙긋 웃음을 비치며 이재림의 등을 툭 쳤다.

"바로 시합 한판 뛰자."

"뭐? 덤벼 이 자식아! 비행기 타고 왔다고 봐주는 거 없다!"

이재림은 여전히 과장된 유쾌함을 보였다.

                  *   *   *

클레이 코트(Clay court).

한때는 가장 적은 수였지만, 지금은 하드 코트와 더불어 가장 많은 수를 차지하고 있는 코트이다.

한국의 많은 사람들은 '클레이'하면 '운동장 모래'를 떠올리지만, 클레이 코트는 가늘게 분쇄된 셰일, 암석 또는 벽돌로 이루어져 있다. 그래서 전체적으로 붉은색을 띤다.

"흠……."

영석은 붉은 코트를 보자마자 흠칫했다.

휠체어 테니스 선수에서 7살 아이의 모습으로 돌아온 그날에도 붉은색 일색의 클레이 코트에서 시합을 치르고 있었다.

그뿐인가.

소악마 같은 어린아이들에게 살해당했을 때, 직접적인 사인은 '벽돌'로 인한 두부 손상이었다.

머리를 타고 흐르는 걸쭉한 피와, 부스스 떨어지는 붉은 벽돌 가루…….

트라우마 같은 거창한 것은 아니었지만, 본능적으로 거부감이 드는 의식을 컨트롤할 수 없었다.

슥, 슥—

영석은 발바닥으로 코트를 한차례 쓸었다.

뇌리를 짜르르 울리는 거부감과 상관없이, 자글자글한 입자가 발바닥을 기분 좋게 간지럽힌다.

'관리가 잘됐군.'

클레이 코트는 다른 코트에 비해 준설이 용이하다는 큰 장점이 있다.

하지만 관리 비용이 하드 코트에 비해 많이 소요된다는 단점 또한 갖고 있다.

선수들이 움직이면서 입자들이 한곳에 고정되어 있지 못하고 사방으로 흩어지게 되어 코트의 높낮이가 다르게 되기 때문이다.

그래서 평평한 표면을 유지하기 위해 주기적으로 롤러로 눌러 주어야 하는 수고로움이 필요하며, 수분까지 일정하게 유지되어야 한다.

잔디 코트에 미치지는 못하지만, 클레이 코트 또한 만만찮게 수고로움이 필요한 코트다.

지금 이재림과 연습 시합을 준비하고 있는 이 코트는, 관리가 잘된, 바로 정식 시합을 해도 무방할 정도의 아주 훌륭한 관리를 받은 코트다.

"야! 몸 다 풀었어?"

이재림이 네트 너머에서 영석을 재촉한다.

곧 시작될 시합에 한껏 몸이 달아오른 듯, 얼굴이 벌겋게 상기되어 있었다.

이상하게도 이재림은, 유독 영석과 시합하는 것을 두려워하지 않는다.

단 한 번도 이긴 적이 없었음에도 불구하고 말이다.

"그래!!"

영석은 손발을 가볍게 턴 후, 가방에서 라켓을 한 자루 꺼냈다.

연습 시합이기 때문에 새 라켓을 사용한다거나 하는 사치는 부리지 않았다.

'번거롭기도 하고……'

저벅저벅…….

"아, 선배님."

씻고 온 모양인지, 멀끔해 보이는 이형택이 코트로 접근하더니 자연스럽게 엠파이어석에 올라 앉았다.

"심판 봐줄게."

"오! 그럼 난 사진을 담당하지!"

박정훈은 주섬주섬 카메라와 삼각대를 두 개씩 꺼내더니 강춘수에게 하나를 건넸다.

"마음대로 찍어요~!"

본업은 에이전트이지만, 그 외 나머지 모든 잡다한 업무도 도맡고 있는 강춘수는 익숙한 손놀림으로 장비를 받아 들고는 적절한 구도를 찾기 위해 코트를 한 바퀴 걷기 시작했다.

"……."

여느 때와 다름없는 움직임.

그러나 영석은 여전히 이 '붉은색'의 클레이 코트가 내키지 않았다.

그리고 연습 시합은 그런 영석의 상태와는 상관없이 시작됐다.

* * *

시합은 영석의 서브로 시작되었다.

컨디션을 점검하는 것에 목적을 둔 연습 시합이므로, 그야말로 '적응'을 위한 것이기 때문에, 영석은 하나부터 열까지 민감하게 정보를 받아들이려 했다.

쾅!

툭—

공이 라켓을 떠나고 몸이 바닥에 착지하자, 영석은 가벼운 한숨을 쉬었다.

'당연한 거지만… 서브를 치는 것 자체엔 아무 이상이 없어.'

클레이 코트는 발바닥과 코트 면의 마찰부터 하드 코트와 다르다.

그럼에도 영석은 별다른 이상을 느끼지 못했다.

본인의 몸으로 구사하는 것에는 아무런 영향이 없다는 것.

하지만 바뀐 변화를 대번에 감지할 수 있는 반응이 이재림에게서 나왔다.

펑!!

"……!!!"

소리만 들어도 안다.

완벽한 리턴.

쉬익—

공이 애드 코트를 향해 날카롭게 짓쳐 든다.

'받지… 않는다.'

잠시 갈등에 빠졌던 영석은 공을 쫓지 않겠다는 결론을 내렸다.

시합이었으면 받을 수 있을 공이었지만, 지금은 의식의 허점을 찔린 상태.

군이 무리하여 공을 쫓아가기보다 '왜' 이재림이 이렇게 훌륭한 리턴을 할 수 있게 된 건지 분석하는 것이 먼저였다.

"아싸!!!"

영석에게서 '리턴 에이스'를 쟁취해 낼 선수가 과연 전 세계에 몇이나 될까.

이재림은 고작 연습 시합이었지만, 엄청난 환희를 터뜨리고 있었다.

영석은 그 모습을 보며 고개를 절레절레 저었다.

Chapter 62
다른 환경

2001년, 브레이든턴 오픈, 호주 오픈.

2002년, 챌린저 시리즈, 1/4분기 ATP250, 아시안게임.

2003년, 오클랜드 오픈, 호주 오픈, 두바이 오픈, 마이애미.

3년 차 프로였지만, 영석은 클레이 코트에서의 공식전 전적이 전무한 상태다.

물론, 플로리다의 TAOF에서 클레이뿐 아니라, 잔디에서도 훈련을 했던 경험은 있다.

하지만 '완전한 한 사람의 프로'로서는 클레이가 처음인 것이다.

'내가 달라진 게 아니라, 상대가 달라지는군.'

5개의 서브.

그중 1개는 리턴 에이스를 당했고, 2개는 서브 에이스를 기록했다.

그리고 남은 2개의 서브에서 이재림은, 마이애미에서와는 확연히 다른 반응을 보였다.

비록 한 포인트만 내주고 첫 서브 게임을 무리 없이 가져오는 것에 성공했지만, 영석은 심각하게 반응할 수밖에 없었다.

겨우 한 게임의 소요 시간이 10분에 달했기 때문이다.

'반응에 여유가 있어.'

그것이 서브든, 그라운드 스트로크이든 이재림은 분명히 조금의 여유를 가지고 자신만의 테니스를 당차게 선보일 수 있었다.

'내 공엔 여유가 생기고, 이재림의 공은 반대로 더 날카로워졌어.'

짧지만, 필요한 정보는 모두 습득한 영석은 쓰게 웃었다.

'어렸을 때보다도… 더 극단적으로 내 공격성이 거세되는구나.'

클레이 코트가 그 존재만으로 중요한 의의를 가지게 된 이유는 바로 여기에 있다.

―코트 면의 탄력성.

벽돌이나 셰일을 갈아서 뿌리고, 그 위에 특수한 분말을 뿌려 조성하는 클레이 코트의 재질은 다른 그 어떤 코트보다도 탄력이 뛰어나다. 그로 인해 바운드된 공의 속도 자체가 줄어드는 경향을 보인다.

바로 이 점이 선수들의 성향을 크게 가늠할 수 있는 기준이 된다.

―공격적인 전개를 빠르게 이어가기 위해 스핀이 적고, 그로 인해 바운드가 낮은 공을 주요 무기로 삼는다.

주로 서브가 좋고, 네트 앞에서의 공을 처리하는 기술이 뛰어나며, 길게 랠리를 이어가는 것을 썩 좋아하지 않는 '공격적인' 선수들의 공은 대체적으로 스핀이 적게 마련이다.

이것은 능력의 문제가 아니라, '성향'의 문제다. 하지만 클레이 코트에서는 이러한 성향이 많이 불리하다.

오죽했으면, 샘프라스는 아예 프랑스 오픈에서 단 한 번도 우승한 경험이 없고, 페더러 또한 평생에 걸쳐 한 번밖에 우승하지 못했다.

리턴과 그라운드 스트로크에서 탁월한 애거시도 딱 한 번 우승하는 것에 그쳤다.

영석과 어깨를 나란히 하는 강서버 로딕은 평생을 거쳐 가장 훌륭했던 프랑스 오픈 성적이 '4회전'에 불과했다.

그야말로 '공격적인 선수의 무덤'이라고 할 수 있다.

그렇다면, 이 코트에서 강세를 보이는 특징은 어떤 것일까.

—발이 빠르고, 수비 능력이 좋으며, 공에 톱스핀을 잘 걸어 긴 랠리를 이어가 상대의 실수를 유도한다.

톱스핀은 정방향으로 회전하는 경향이 있고, 이런 톱스핀이 많이 걸리면 걸릴수록, 탄력성이 높은 클레이에서는 바운드가 크게 된다.

상대의 공은 느려지고, 자신의 공은 안정성을 유지함과 동시에 공격성도 높아진다.

수비적인 성향을 보이는 선수들에게는 이와 같은 축복이 없을 정도다.

"흠……"

코트에 대한 원초적인 분노가 조금 치밀어 오르는 기세를 스스로 감지했을까.

영석은 잠시 손을 들어 이재림에게 경기 중단을 요청했다.

연습 시합이기 때문에 이재림도 흔쾌히 그 요청을 수용했다.

탓, 다다닥!

돌연 영석이 듀스 코트에서 센터마크가 있는 베이스라인 한가운데까지 전력으로 뛰고는 몸을 멈췄다.

지이이익—

몸이 바로 멈춰지지 않고 약 1m가량을 쭈욱 미끄러져 갔다.

"……."

발바닥에 느껴지는 감촉을 머릿속에 담은 영석이 발가락에 하나하나 힘을 줘봤다.

자동차의 브레이크를 누를 때의 얕고 깊은 정도를 가늠하는 것처럼 말이다.

착—

그러자 몸이 신기하게도 뚝— 멈췄다.

'미끄럽지만, 아주 크게 방해될 정도는 아니야. 그렇지만… 내 몸이 문제가 되는군.'

생각을 정리한 영석은 그런 행동을 두세 차례 더 해봤다.

지익, 지익거리는 마찰음이 퍼지고, 영석의 안색은 서서히 굳어갔다.

'관성이 커.'

톱 프로 중에 가장 신체 조건이 훌륭한 선수 중 한 명인 영석의 몸이 클레이 코트에서는 명확히 방해가 되고 있다.

'각력(脚力)이 하드 코트에 비하면 거의 두 배 가까이 필요해.

지금은 필요할 때 미끄러지지 않고, 필요 없는 경우엔 미끄러진다. 음…….'

경기 스타일과 신체적 조건.

그야말로 테니스 선수로서의 근간 모두가 부정당하고 있는 셈이다.

머리로는 알고 있었지만, 195㎝까지 자란 신체와 80㎏을 넘는 몸의 무게, 높이에서 우러나오는 '회전이 적고 빠른 그라운드 스트로크'를 구사하는 영석에겐 이 클레이 코트라는 서피스(Surface)가 실로 합당하지 않게 느껴지고 있다.

'뭐. 합리성의 판단 여부는 결국 나의 유불리에 의존한다는 건가. 정말이지, 예전부터 느낀 거지만 휠체어 때의 경험은 모두 쓸모가 없군……. 내 선수 생활 최대의 고비… 일지도.'

자연스럽지 않은 의식의 흐름이 영석의 상태를 대변하고 있었다.

부글—

좋은 의미로 흥분할 때와 달리, 울컥 솟는 짜증은 속을 날카롭게 헤집는 느낌이다.

"후우……."

자신이 어쩔 수 없다는 것을 알았을까.

분노를 살며시 가라앉힌 영석은 눈을 밝혔다.

'재림인 전형적인 베이스라이너. 톱스핀도 날카로워. 클레이 코트에서 가장 빛을 발하는 스타일. 그렇다면… 일단 최대한 시합을 길게 가져가자. 1년의 1/4을 멍청하게 코트 탓만 하면서 살 수는 없지.'

툭, 툭—

영석은 발을 들어 라켓으로 가볍게 복숭아뼈 밑을 쳤다.

후드득—

사이사이에 낀 클레이가 비가 내리듯 바닥으로 쏟아진다.

                    *   *   *

3 : 6.

영석은 1세트를 이재림에게 넘겨줬다.

첫 세트 첫 게임을 자신의 서브 게임으로 시작했는데 이토록
허망하게 기선을 빼앗긴 건 영석으로선 상당히 충격을 받을 수
도 있는 일.

"……."

그러나 영석은 전혀 실망한 기색이 아니었다.

상대가 아닌, 코트 그 자체가 자신의 몸과 일으키는 작용에
대해 고민했다는 이유도 있지만, 언제나 그랬듯, 그는 답을 찾을
자신이 있기 때문이다.

그러기 위해 1세트를 헌납하는 것쯤은 이미 어렸을 때도 많
이 해왔던 일.

오히려 영석에게 1세트를 빼앗은 이재림이 더욱 황망한 기색이
었다.

지금까지 강서버들에게 패배하며 몸으로 배워왔던 것이 클레
이에서 이렇게 쉽게 실현되는 게 신기한 모양이다.

머리로 알고 있는 것과 몸으로 구현하는 것은 전혀 다른 차원

의 얘기였지만, 클레이 코트에서는 그 간극을 최대한 좁힐 수 있었다. 정말이지, 너무나 쉽게도.

"후……."

가볍게 숨을 내쉰 이재림은 그 어느 때보다 진중한 얼굴이다.

로딕의 시합 때보다도 더욱더 긴장한 모습.

연습 시합이었지만, 이재림은 자신이 앞으로 나아갈 길을 이 경기를 통해 배우고 있는 걸지도 모른다.

긴장으로 가득한 이재림과는 별개로, 영석은 생각을 정리하는 중이었다.

'기본적으로, 하드 코트에서 써왔던 방법은 모두 지워야 해. 아니면 꿋꿋이 유지를 하든지. 우선 전자를 따른다면, 남겨둘 거는 서브 단 하나. 그 외는 클레이 시즌에서는 도움이 안 된다.'

부스럭—

가방에서 노트를 꺼낸 영석은 무엇인가를 빠르게 휘갈겨 쓰며 사고(思考)에 박차를 가했다.

'각력을 많이 필요로 하지만, 관절에 가해지는 충격은 하드보다 적어. 가해지는 부하는 허벅지, 종아리, 발가락. 발가락을 제외하면 그마저도 근지구력(筋持久力)의 문제. 뛰는 건 문제없어. 중요한 건 체력과 구질인데……'

하얀 페이지 위로 거친 선들이 휙휙 그어진다.

체력의 문제.

영석의 체력 자체는 아주 준수하다.

심폐기능과 근육이 내포하고 있는 산소의 비율 등… 체력이라는 항목을 평가하기 위한 요소는 모두 톱클래스임에 틀림없다.

다만 이 체력이 195㎝/80~85㎏이라는 신체를 만났을 때도 뛰어난가 하면 그렇지 않았다.

'이것만큼은 다른 선수들 정도라고 보면 되지.'

다음으로는 구질.

서브부터 시작하여 그라운드 스트로크까지.

어렸을 때와는 달리, 지금의 영석은 플랫 성향을 가진 구질을 구사하는 것에 알맞은 상태다.

애당초 스핀이라는 것은, '네트를 넘기면서도 아웃되지 않게끔 하기 위해' 발전되어 온 것에 지나지 않는다.

타점 자체가 평범한 선수에 비해 10㎝ 이상 높은 영석은 상대적으로 스핀의 필요성을 덜 느끼게 됐고, 공격적인 성향과 맞물려 공은 점점 회전을 품지 않게 됐다.

그러는 편이 영석의 승리를 보다 용이하게끔 만들어줬기 때문이다.

슥슥—

어느새 한 페이지가 까맣게 칠해졌다.

'지금 당장 이 상황을 타개할 수 있는 혁신적이고 근원적인 해결책은 없어. 우선은, 많이 뛸 각오를 하는 것. 최대한 클레이에서 손해는 보지 않을 스텝을 몸에 익혀야 해. 이건 어렸을 때 훈련을 했으니, 잊고 있던 감각을 깨운다는 생각으로 하자. 다음은 전개……'

앞에서 말했듯, 클레이 코트에서 이재림같이 톱스핀을 사랑하는 베이스라이너들의 공은 엄청난 높이로 튀어 오른다. 하드의 1.2~1.5배 수준 정도라고 보면 된다. 그 높이는 아이러니하게도 영석에겐 먹기 좋은 먹잇감으로 다가온다.

하지만······.

쾅! 하며 그 먹잇감을 물어버리고, 몸이 원하는 대로 네트로 전진하다 보면, 공은 어느새 옆으로 휙— 지나가 버리고 마는 것이다.

'내 공은 느려져. 상대방이 받아낼 수 있는 시간을 버는 거야. 조금의 시간만 있다면··· 프로라면 그 공에 제대로 대응할 수 있고.'

파락—

다음 장을 펼쳐 다시 낙서를 시작한다.

'즉, 발리로 끝내겠다는 생각은 줄여야지.'

1. (조금은 손색이 있지만)서브는 유효하다.

2. 가급적이면 그라운드 스트로크를 유지한다. 그러기 위해 몸에 익은 전개 방식은 의식적으로 컨트롤한다.

3. 구질을 감안하여 공은 가급적이면 무조건적으로 길게 보낸다. 베이스라인 근처도 아닌, 베이스라인을 목표로.

'이거야 원··· 멍청한 답안지군.'

하드 코트에 맞게 정밀하게 짜인 머릿속의 회로.

온갖 계산과 전개 방식에 대해 세밀하게 정리되어 있는 그것이 무용지물이 되었다.

"시간 다 됐다."

이형택이 시계를 보며 두 선수에게 2세트의 시작을 알렸다.

*   *   *

4 : 4.

2세트의 양상은 그야말로 영석답지 않은 전개였다.

펑!!

쾅!!

베이스라인에 다리를 박고 그저 좌우로 빠르게 뛰어다니는 것뿐인 모습도 그렇고, 찬스가 도래해도 기어코 참아내는 모습이 그랬다.

그뿐인가.

아슬아슬할 정도로 베이스라인만 노리는 스트로크는 세 개중 하나는 아웃되기 일쑤였다.

"흠……."

상황은 이재림에게도 좋지만은 않았다.

1세트와는 달리, 영석은 나름대로의 활로를 찾으려 하는 모습을 보였고, 그 과정에서 보이는 공은 이재림으로서는 받아내기 힘든 경우가 많았던 것.

반응하기 위해 필요한 시간이 평소보다 많이 허용됐다는 점하나만이 랠리를 이어나갈 수 있는 원동력이 되었다.

또한, 랠리를 이어나가는 것에 불편함을 느꼈던 영석이 그 불편함을 조금 덜어내기로 작정하자, 방어 능력이 여지없이 높아진 것도 이재림을 몰아세우는 것에 한몫했다.

애당초 영석은 발의 빠르기로는 누구에게도 지지 않는다.

"씨익… 씨익……."

그렇게 서로가 마무리 지을 수 있는 마땅한 계책이 없이 랠리를 이어나가고만 있자, 시합은 한도 끝도 없이 길어져만 갔다.

4 : 4까지 오는 데 소요된 시간은 무려 1시간.

한 포인트에 최대 80구까지 가는 격전이 펼쳐지기도 했다.

"그만하는 게 낫지 않겠어?"

보다 못한 이형택이 한마디 했다.

영석과 이재림의 안색이 하얗게 질렸기 때문이다.

"그, 그렇죠? 연습 시합에 목숨 걸… 아!! 이길 수 있는데!!"

냉큼 그 제의를 받아들이려다, 1세트를 자신이 이겼다는 사실을 떠올린 이재림은 부들부들 떨리는 다리를 찰싹찰싹 때리기 시작했다.

그 모습을 본 영석이 피식 웃으며 다시 베이스라인에 섰다.

"그래. 시작했으면 끝을 봐야지. 계속하자."

그렇게 잠시 동안의 텀을 두고 시합은 계속되었다.

결국 영석과 이재림의 시합은 30여 분이 더 지나 겨우 끝이 난 2세트를 마지막으로 중지됐다.

영석이 7 : 5로 혈전 끝에 2세트를 제압하자, 이재림도 승리를 거둘 수 있는 황금 같은 찬스를 떠나보낼 수밖에 없었기 때문이다.

"3세트 하자!!"

"나는 상관없어. 그런데 너… 괜찮겠어?"

영석이 바들거리는 이재림의 다리를 가리키며 물었다.

'소모적'이라는 수식어가 참으로 합당하게 느껴지는 길고 긴 랠리전이 몇 번이었던가.

모르긴 몰라도 10㎞ 정도는 우습게 뛰어다녔을 거다.

"괴물 같은 놈… 그 덩치로 그렇게 잘 뛰어다니면 반칙이지!"

이재림은 할 말이 없어지자 영석에게 삿대질을 하며 버럭버럭 떼를 썼다.

그만큼 받아내는 것에 집중하는 영석은 무서운 존재였다.

"……."

영석은 피식 웃으며 몸을 풀어내기 시작했다.

'곧 조용해지겠지……'라는 기대와 함께 말이다.

결론적으로, 영석의 기대는 보기 좋게 빗나갔다.

"3세트! 야! 내일 한 세트만 더 하자!"

라며 마사지를 받는 내내 이재림이 떼를 썼기 때문이다.

"알았어, 알았어."

영석은 웃는 낯으로 적당히 반응을 해주며 필사적으로 머리를 혹사했다.

'재림이는 클레이 ATP250은 우승을 할 수도 있는 재량을 갖고 있어. 내가 2세트에 취했던 방법으로는… 그게 클레이에서 보일 수 있는 내 수준의 한계라는 거겠지. 500이나 마스터스 시리즈, 프랑스 오픈에서는 어림도 없어.'

그렇게 명확한 답을 내리지 못한 채, 2003년 Estoril Open은 어느새 코앞으로 다가왔다.

*   *   *

대회가 시작되기 바로 전날.

영석과 이재림은 시도 때도 없이 연습 시합을 벌였고, 영석은 첫날과 다르게 모든 시합에서 이재림에게 완승을 거두고 있었다. 단 한 세트도 뺏기지 않고 말이다.

"……."

비운의 주인공이 된 것처럼 이재림은 시무룩하게 앉아 있었다.

'영광의 3세트'는 영원히 오지 않게 된 것이다.

1세트를 너무나 쉽게 이재림에게 뺏겼던 영석이 그 이후로 단 한 세트도 뺏기지 않았다는 것은, 클레이 코트에 익숙해지고 있다는 방증이기도 하지만, 영석은 여전히 개운하지 않은 표정이었다.

—85%

영석이 스스로 진단한, 클레이에서 발휘할 수 있는 능력의 한계였다.

이것만으로도 대단한 기량을 선보일 수 있었지만, 영석의 기준은 이미 저 하늘 끝까지 닿아 있었다.

—톱이 아니면 안 된다.

연습 시합으로는 더 이상의 퍼포먼스를 끌어내는 것이 불가능했다.

이재림은 영석을 이 이상 자극할 수 없는 기량이었기 때문이다.

'잘못 휘두르다간 단칼에 죽어버리는' 실전이 필요하다. 기백과 기백이 만나 폭발하는 지경까지 가야 한계를 자극하고 부술 수 있다.

'과연 이 작은 대회에 그럴 상대가 있을까?'라는 고민을 뒤로한 채 영석은 식사를 위해 자리를 떴다.

"야, 언제까지 죽상하고 있을 거야."

"…간다, 가."

이재림은 고개를 푹 숙이고 영석의 뒤를 졸졸 따라갔다.

"그래요, 춘수 씨. 어떤 일이죠?"

저녁 식사를 마치고 강춘수의 면담 요청에 응한 영석은 찌뿌둥한 기색으로 앉아 따뜻하게 덥힌 우유를 홀짝이고 있었다. 어지간하면 저녁에 카페인이 들어간 음료를 마시지 않는 것이 원만한 시합에 도움이 된다는 것을 알고 있기 때문이다.

맞은편에 앉은 강춘수는 새카만 커피를 앞에 두고 운을 뗐다.

"일전에 말씀드린 데이비스 컵에 대해……."

'데이비스 컵'이라는 한 단어를 듣자마자 영석의 미간이 설핏 구겨진다.

"요청이 또 왔나요?"

"…네."

한국은 줄기차게 영석에게 러브콜을 보냈다. 애원하다시피 하는 경우도 있지만, 기본적인 태도는 당당했다.

아시안게임에서 3관왕을 했던 업적은 차치하더라도, 세계에서 열 손가락 안에 꼽히는 대선수는 '당연히' 국가의 부름에 응하는 것이 상식이라는 태도의 러브콜이었다.

하지만 영석은 단호히 거절했었다.

'개인을 위해서', '나라를 위해서'라는 명목은 아시안게임에서 모두 충족시켰었다고 생각한 것이다.

"오늘 1라운드 플레이오프가 끝났겠군요. 상대는… 인도네시아였나요?"

끄덕—

강춘수는 고개를 끄덕임으로써 긍정했고, 영석은 한 번의 추리를 더 이었다.

"졌군요?"

"……"

"스코어는요?"

"3 : 2입니다."

"휴우……"

영석이 길고 긴 한숨을 뿜어내었다.

데이비스 컵(Davis Cup).

'테니스 월드컵' 혹은 '테니스 올림픽'이라고 불리는 남자 국가 대항전을 칭한다.

여자 국가대항전은 페드 컵(Fed Cup)이라고 한다.

국제테니스연맹(ITF : the International Tennis Ferderation)이 주관하는 대회로, '세계 최고 권위의 테니스 국가 대항 토너먼트'라는 자부심을 내걸고 있다.

데이비스 컵과 페드 컵은 살짝 다른 운영 방식을 갖고 있어서, 간단하게 데이비스 컵을 위주로 설명하자면, 이 대회는 월드컵과 유사하게 진행된다.

세계를 대륙별로 쪼개서 '지역 예선'을 펼친다.

지역 예선을 뚫고 올라온 나라들과 여러 이유로 '시드'와 유사한 개념을 갖고 있는 나라를 합해 총 16개국이 본선에서 자웅을 겨루는 것이다.

본선에서 패배한 4개국은 다음 해에는 예선부터 치른다.

축구와 다른 것은 한국의 성적이다.

한국은 아시아/오세아니아 지역에 속해 있으며, 1960년부터 예선에 출전하기 시작하여 이후 매번 이 대회 예선전에 참가하고 있다. 그리고 단 한 번도 본선에 진출한 경험이 없다.

실력별로 5개의 그룹이 있는 아시아/오세아니아 지역에서 1그룹을 유지하는 것조차 벅찬 것이다.

데이비스 컵의 특징은 지역 예선에서의 처절함(?)인데, 아시아/오세아니아 같은, 테니스 낙후 지역에서도 5그룹까지 있다는 것이 처절함을 잘 대변해 준다.

1라운드에서 패배하면 패배한 4개국끼리 1라운드 플레이오프를 진행한다.

거기서 진 두 나라는 2라운드 플레이오프를 진행한다.

거기서 떨어지면 그룹 강등이 된다.

2003년의 한국은 1라운드 플레이오프에서 인도네시아를 만나 석패(惜敗)를 했고, 파키스탄과 9월에 펼쳐지는 2라운드 플레이오프에서 '강등전'을 치르게 됐다.

"조금 미안하긴 하네요."

영석은 씁쓸한 어조로 중얼거렸다.

'이영석—이형택—이재림'이라는 훌륭한 인재들을 보유하고도 2그룹으로 강등될 위기에 처한 것은, 전적으로 선수들의 개인적인 의지였다. 가장 잘나가는 선수들은 외면하고, 국내 실업팀 선수들만으로 팀을 꾸려서 나가니 붙는 족족 지고 있는 것이다.

그러나 이것을 투어 생활을 하고 있는 특정 몇몇 선수들의 '잘못'으로 치부할 수만은 없는 일이다.

─가뜩이나 투어 일정이 **빽빽**한데, 그 좁은 틈을 할애하여 아시아까지 날아가서 시합을 치르고 다시 투어에 복귀해야 한다는 부담감.

이 부담감 때문에, 데이비스 컵뿐 아니라, 아시안게임과 올림픽까지 테니스 선수들에게 외면받고 있는 게 현실이다. 비단 한국만의 문제가 아닌, 전 세계적인 문제다.

특히나 영석은 이번이 '투어 완주'를 목표로 한 첫해다.

2001년, 2002년까지.

단 한 번도 끝까지 투어를 돈 적이 없는 영석에게, 2003년은 데뷔 해나 마찬가지인 셈이다.

깔려 있는 레일 위를 밟아가기에도 벅찬데, 나라가 부른다고 냉큼 달려갔다간 남아 있는 일정 전부가 흔들릴 수도 있는 노릇이다.

"강등만 면했어도 그냥 쭉 외면하는 건데……."

날것 그대로의 속마음이 영석의 입을 타고 대기로 흩어진다.

상식을 벗어난 돌출적인 인재인 영석이 참여한다면 1승은 거둘 수 있다. 하지만 데이비스 컵은 단체전이기 때문에, 영석이 단식에서 1승을 거둬도 팀으로는 패배할 수 있는 여지가 컸다.

"……."

강춘수는 가타부타 아무런 말을 하지 않았다.

고민하는 것은 선수의 몫이기 때문.

"끄응……. 9월에 열리는 2라운드 플레이오프… US 오픈 끝나고 가도 되겠죠?"

"네. 일정상 겹치지는 않습니다. 아 참, 내년에 있을 올림픽에 참가하기 위해선 데이비스 컵 2회 이상 출전은 해야 하기 때문에, 내년 1/4분기 일정도 생각해 보셔야……."

―일정이 '불가능'하진 않다. 다만 힘들 뿐이다.

라는 말을 지금 강춘수는 에둘러 표현하고 있었다.

애당초, ITF가 일정을 짤 때 그리 허술하게 짜지는 않았다.

"어쩔 수 없죠… 혜택을 받긴 받은 거니, 할 도리는 해야지."

영석은 짧게 생각을 정리하고 결심을 했다.

슥슥―

강춘수는 어느새 수첩을 꺼내 들어 영석의 일정을 추가해 놨다.

"……."

데이비스 컵은 라운드마다 출전 명단이 달라도 된다는 재밌는 규정이 있다.

2월에 열린 1라운드, 4월 초에 열린 1라운드 플레이오프에 불참한 영석이라도 최후의 동아줄은 제공해 줄 수 있는 것이다.

"아 참, 페드 컵은 어때요?"

여자 국가 대항전은 남자의 경우에 비해, 참여하는 국가의 수가 적다.

2003년 페드 컵 아시아/오세아니아의 경우, 15개국이 두 개의 그룹으로 나뉘어 예선을 치른다.

"…데이비스 컵에 비하면……."

강춘수는 말을 잇지 않았다.

영석은 한차례 고개를 끄덕이고는 대화를 마무리 지었다.

"최소한 올해는 진희가 고생할 필요 없겠네요."

4월 7일.

시합이 다가오고야 말았다.

총 서른두 명, 32강부터 시작하는 이번 대회에서 투어 데뷔 이후 1번 시드를 처음으로 획득한 영석은 대진표 맨 위에 이름을 올리고 있었다.

아쉽게도 이형택, 이재림은 시드를 받지 못했다.

'베르다스코, 곤잘레스, 페러, 다비덴코, 로페즈… ATP250에 불과하지만, 꽤나 많은 선수들이 참여했군.'

그러나 익숙한 이름들 사이로 '클레이 스페셜리스트'라고 불릴 정도의 선수는 없었다.

'그래도 최소한 두 명… 페러, 다비덴코는 끈질긴 스타일로 유명하니까 방심은… 방심? 내가 방심할 수 있는 처지이기는 한가?'

피식— 실소한 영석이 고개를 까닥이며 앞에 놓인 찻잔을 들어 올려 가볍게 입안에 머금었다.

'아직 답은 안 나왔어. 부딪치면서 실전에서 배우는 수밖에.'

혀를 살짝 감싸고 목구멍으로 넘어가는 차의 쓴맛과 함께 콧구멍으로 아련한 꽃향기가 뿜어져 나왔다.

멈칫—

코트에 들어서기 직전, 영석은 다시 한 번 저 앞, 바닥에 깔려 있는 클레이를 바라봤다.

붉은색이 선명한 햇빛을 받아 반짝반짝 빛나는 것만 같았다.

"……."

의미 모를, 깊고 깊은 눈빛을 한 영석이 한 발을 코트에 걸쳤다.

스윽—

발바닥에 대번에 느낌이 온다.

자글자글한 느낌.

싫은 것 같기도, 그리 나쁘지만은 않은 것 같기도 한 묘한 기분이다.

스읍—

숨을 한차례 거칠게 들이마신 영석이 폐부에 공기를 채운 상태로 걸음을 이었다.

1라운드.

John van Lottum이라는 네덜란드 국적의 선수를 만났다.

'평생을 살며 들어본 적이 없는 선수야…….'

이름값과 실력이 반드시 비례하지는 않지만, 실력이 좋은데 이름이 퍼지지 않을 이유 또한 없다.

"……."

아니나 다를까.

상대 선수는 파리한 안색이었다.

약관이 되기도 전에 호주 오픈에서 우승컵을 들어 올린 위대한 이름에 다소 겁을 먹은 것이다.

펑!!

펑!!

가볍게 몸을 푸는 시간이 주어졌다.

서로 전력을 다할 필요는 없지만, 많은 정보를 습득할 수 있는 기회.

특히나 톱 랭커라는 이유로 많은 이들의 연구 대상이 되기 십상인 영석에게는, 정보의 비대칭을 조금이나마 해소할 수 있는 소중한 시간이었다.

'키 18… 5정도? 오른손잡이, 투 핸드 백핸드, 다리는… 아직 전력 질주 하는 걸 못 봤지만, 스텝으로 보면 보통, 그라운드 스트로크 보통, 발리 보통, 서브 보통……'

상대를 분석하는 것을 즐겨 하는 영석은, 단순한 정보의 조각들로 상대의 실력을 대충이나마 상정할 수 있었다.

'100위권. 좋은 시즌을 보내면 50위권.'

견적이 잡혔다.

영석의 눈에 하나의 선이 자리 잡았다.

빛나는 그 선은, 집중력이 서서히 올라오고 있다는 증거였다.

"이긴다."

Chapter 63

Estoril Open

6 : 2, 5 : 1.

압도적인 스코어가 전광판에 아로새겨져 있었다.

"흐음……."

영석은 묘한 소리를 내며 클레이 위로 공을 퉁퉁 튕기고 있었다.

탄력성이 좋다는 특징을 가진 클레이였지만, 손으로 튕기는 느낌은 하드 코트와 별반 다를 바 없었다.

'수준이 낮아.'

John van Lottum.

이 선수는 영석이 어떤 것도 판별할 수 없게끔 하는, 기준 미만의 실력을 갖고 있었다.

'100위권, 잘하면 50위권'이라는 건 분명 빛나는 성과이지만,

지금의 영석에게는 그저 발길질에 맥없이 굴러가는 돌 조각과 다름이 없는 존재였다.

쾅!!!

영석의 서브.

신체적으로 무력했던 유소년 시절의 서브와는 차원을 달리하는 지금의 서브는, 영석이 가장 소중하게 생각하는 본인의 장점 중 하나였다.

하지만 클레이 코트라는 복병을 만나 그 대단함에 손색이 가해지는 상황.

"……."

상대 선수는 옆을 스쳐 지나가는 공을 망연자실하게 바라볼 뿐이었다.

바운드가 되기 전까지는 역대 최고를 논할 수 있는 수준의 서브라는 사실이 변하지 않기 때문이다.

'바운드 후의 틈을 찾을 수 있을까?'

서브 한 방으로 영석은 깨닫고 말았다.

—이재림을 기준으로 생각하면 안 된다.

이재림은 수십 번이 넘도록 영석과 시합을 한 상황.

그 누구보다도 영석과 시합을 많이 한 선수다.

그런 이재림과 보통의 선수를 비교하는 것부터가 무리였는지도 모른다.

꽝!!

그라운드 스트로크.

여전히 영석은 구질을 바꾸지 않고 찍어 누르듯, 공을 직선으로 보내는 것에 몰두했다.

서브에 얼어버린 상대는 맥없는 반응을 보이며 공을 쫓는 것에 정신이 팔려 있었다.

앞을 내다보지 못하는 상황에서 승리의 포석을 쌓는 것은 불가능에 가까운 일.

영석은 불편함 없이 하드 코트에서의 움직임을 유감없이 보이며 상대를 유린했다.

"볼일 없어."

이재림과 연습하며 치열하게 고민했던 자신이 바보처럼 느껴지자, 영석은 냉정하게 말을 뱉고는, 여전히 강렬한 서브를 선보였다.

쾅!!!

그리고 John van Lottum는 시합 시작부터 끝날 때까지 이 서브에 아무런 저항을 하지 못했다.

"게임 셋 매치 원 바이……."

그렇게 1라운드는 승리라는 것을 제외하면, 아무런 소득이 없는 상태로 끝을 맺었다.

"그럼 난 간다."

"…네."

이형택은 아쉽게도 1라운드에서 이번 대회 5번 시드인 페르난도 곤잘레스를 만나 패배를 하게 됐다. 오클랜드 오픈에서 영석을 설레게 했던 '세계 최강의 포핸드 스트로크'가 상대이니만큼, 분전 끝에 패배하게 된 것이다.

그리고 그는 다음 투어를 준비하기 위해 먼저 짐을 챙겼다.

어차피 롤랑가로스로 가는 길목에 놓인 ATP 대회들이란 것이 뻔했기 때문에, 조만간 다시 볼 수 있었다.

"…형."

이재림은 안절부절못하고 있었다.

8번 시드인 Max Mirnyi를 접전 끝에 물리치고 2회전에 진출했기 때문이다.

동경해 마지않던 선배가 1라운드에서 패배하고 '먼저' 짐을 싸는 모습이, 아직 어린 이재림에게는 적응이 되지 않는 것이다.

미안함과 초조함으로 떨리는 목소리만으로도 충분히 알 수 있는 사실.

턱—

이형택이 이재림의 머리에 손을 얹고 머리카락을 마구 헝클었다.

"잘해 인마."

"…네!"

이재림의 대답에 고개를 끄덕인 이형택이 묘한 눈길로 영석을 바라보고는 등을 돌렸다.

한마디를 남기는 것도 잊지 않았다.

"데이비스 컵에 참여 안 한 우리 세 명은, 그에 맞는 결과를 보여줘야 해."

"…반드시 우승하겠습니다."

영석의 목소리가 낮게 퍼진다.

꺼끌꺼끌한 질감의 대답을 들은 이형택은 손을 한 번 들어 올리고는 걸음을 옮기기 시작했다.

*   *   *

대회는 빠르게 진행됐다.

여전히 이상할 정도로 대전 운이 좋은 편에 속하는 영석은, 2라운드에서 Galo Blanco를 만나 1라운 때와 다름없는 싱거운 승리를 거뒀고, QF의 문턱을 밟았다.

그리고 Tommy Robredo라는, 클레이에 강한 스페인의 강자를 꺾고 SF까지 진출하는 것에 성공을 했다. 여기까지 펼쳐진 세 번의 경기에서 단 한 세트도 내주지 않은 채, 유감없이 1번 시드의 실력을 보인 영석이 QF가 끝나고 이재림에게 한 말은 충격적이었다.

"네가 더 나아."

이러한 영석의 거칠 것 없는 행보는 이재림에게도 좋은 영향을 끼쳤다.

2라운드에서 Victor Hanescu를 만났는데, 2m에 달하는 거구에서 뿜어져 나오는 서브가 예사롭지 않은 선수였다.

하지만 이재림은 끝끝내 그 공격을 버텨내고 승리를 거머쥐었다.

거구와의 싸움은 질릴 대로 질려서, 버텨내는 것에 도가 텄기 때문이다.

"이번엔 우리 재림 선수도 비중 있게 다룰 수 있겠는데? 아시안게임 단체전 금메달 때 이상으로."

박정훈의 말이 기폭제였을까.

에서 Feliciano Lopez까지 잡은 이재림은 SF에 진출하며 생에 첫 타이틀까지 앞으로 2보 만을 남겨두게 되는 지경에 이르렀다.

"이번엔·기필코……."

이재림은 영석에게 들으라는 듯 제법 큰 소리로 중얼거렸다.

투지가 뜨겁다 못해 터질 것 같았다.

영석이 피식 웃으며 답했다.

"아직 나 안 만나잖아."

SF(Semi Final).

4강에서 영석은 Agustin Calleri라는 20위권에 속해 있는 선수를 만나고, 이재림은 Nikolay Davydenko라는 선수를 만난다.

'이길 수 있을까?'

티는 안 냈지만, 영석은 이재림의 승리를 점치기 어려웠다.

니콜라이 다비덴코.

우연일까.

영석이 포르투갈에 도착해서 떠올린 러시아 태생의 '유명한' 선수 중 한 명이다.

'지금은 20대 초반이겠군.'

시드도 없이 참가한 이 선수의 진면목을 아는 건, 지금 전 세계에 영석 혼자일 것이다.

'약 10년 동안을 톱10 안에 들면서 세계 랭킹 3위까지 찍고, 보유한 타이틀은 스무 개가 넘어……. 꾸준하고, 안정적이고, 부지런하고, 그라운드 스트로크에 능하며, 딱히 약점이 없는 선수. 하지만 메이저와는 인연이 없었지.'

잠깐 떠올린 것만으로도 그의 영상 수십 개가 머릿속을 스쳐 지나간다.

모든 면에서 이재림을 웃도는 기량을 보유한 선수.

희망이 있다면, 둘 모두 현재로서는 '신인급'에 해당한다는 것 하나다.

"잘해 인마."

영석은 이재림의 등을 툭 치고 지나갔다.

"조금만 기다려! 이번엔 너 이길 거니까!"

여전히 이재림은 목표를 영석에게 두고 있었다.

자신의 상대가 누구인지 정확하게 파악하지 못하고 있으면서 말이다.

Agustin Calleri.

'유망함'을 따지기엔 조금 나이가 있는, 76년생의 이 아르헨티나 선수는 데뷔 9년 차의 중견급 선수였다. 영석에게는 낯선 이름이었지만 말이다.

'어디선가는 봤을지도…….'

모자를 푹 눌러쓴 이 선수는, 강렬한 눈빛을 영석에게 쏘아 보내고 있었다.

기가 죽기는커녕, 잡아먹으려고 하는 기색이다.

"……."

영석은 가만히 그 눈길을 받아들였다.

퉁, 퉁, 퉁, 퉁, 퉁…….

서브를 위한 준비 동작이 시작되고,

휘릭— 콰앙!!!

1세트의 시작을 알리는 타구음이 짜릿하게 울려 퍼졌다.

쾅!!

듀스 코트에서 꽂아 넣은 첫 번째 서브는 센터로 꽂혔고, 아구스틴은 영석의 서브를 무려 원 핸드 백핸드로 받아냈다.

"……!!!"

강렬한 눈빛에 어울리는, 엄청난 리턴!

'애거시… 정도는 아니지만…….'

영석은 상념을 이어갈 수 없었다.

저 멀리 애드 코트에 레이저처럼 꽂히고 있는 공을 잡아내야 하기 때문이다.

착, 차자작, 차아아악—

그새 익숙해진 스텝이 자글자글한 흙바닥 위에서 현란하게 움직인다.

쾅!!

포핸드로 받아넘긴 공이 크로스로 뻗어가려는 찰나,

퉁!

어느새 네트에 나와 있는 아구스틴은 그 공을 발리로 처리했다.

"러브 피프틴."

심판이 첫 포인트의 행방을 읊었다.

'……'

아구스틴의 설계는 순간적으로 클레이 코트임을 잊게 하는 움직임이었다.

영석은 그 모습을 보고 가만히 생각에 잠겼다. 딱 한 포인트였지만, 느끼는 바가 컸기 때문이다.

'아직은 잘 안 보여. 조금만 더……'

볼키즈에게 공을 받은 영석이 애드 코트에서 서브를 준비했다.

여전히 아구스틴의 눈빛은 형형하게 불타오르고 있었다.

"흠……"

가늘게 뱉은 자신의 침음이 영석의 귓가에 맴돈다.

훅—

공은 토스됐고,

쾅!!

다시금 서브가 폭발했다.

아구스틴은 랭킹에 걸맞지 않은 실력을 가진 것 같아 보였다.

오늘이 그의 인생을 통틀어 가장 화려한 경기를 펼치는 날로 기억할 정도.

퍼스트 서브는 무난했다.

하지만 세컨드 서브는 영석의 머리까지 튀어 오를 정도의 놀라운 스핀을 보였다.

그뿐인가.

송곳 같은 포핸드 스트로크는 직선으로 쭉쭉 뻗어나가며 코트 구석구석을 찔러댔다.

놀라운 것은 백핸드 스트로크.

아구스틴은 원 핸드 백핸드의 장인이었다.

'이것만큼은 지금의 페더러 이상.'

높은 공에 대한 대처가 문제가 되게 마련인 원 핸드 백핸드임에도 아구스틴은 전혀 무리 없이 공을 처리해 냈다.

제자리에서 펄쩍펄쩍 뛰면서 팔을 휘둘러 대는데, 공은 놀라울 정도의 속도로 쭉쭉 뻗어왔다.

심지어 정확하기까지 했다. 타점, 타이밍, 깨끗한 스윙까지⋯ 신들린 듯한 퍼포먼스였다.

구석구석을 찌르고, 그 공을 영석이 받아내면 다시 반대편으로 놀랄 만큼 빠르게 공을 보낸다.

그 공까지 쫓아간 영석이 끝끝내 받아내면, 기다리고 있는 것은 제법 능숙한 발리.

'⋯이리도 공격적이라니.'

4 : 4.

스코어를 첨예하게 만들어준 것은 오로지 영석의 서브와 발뿐이었다.

나머지는 아구스틴의 망설임 없는 퍼포먼스에 눌리고 있는 상황.

'조금 군더더기가 많지만, 저런 전개는⋯ 마치 나⋯를 보는 것 같군.'

하드 코트에서 영석이 자주 선보이는 전개다.

낮고 빠른 공으로 상대를 정신없이 몰아세운다.

몇 번의 랠리를 이어나가다가 틈이 생기면 발리로 마무리.

그걸 지금 영석은 고스란히 자신이 당하고 있는 것이다.

'저 선수와 나의 차이는 뭘까.'

영석은 서브를 위해 공을 조몰락거리면서도 상념을 놓치지 않았다.

마음속이 엉클어지며 사고(思考)를 하라고 다그친다.

1세트 첫 포인트를 뺏겼을 때, 머릿속을 스친 깨달음의 단초가 어른거리기 시작했다.

네트 너머의 아구스틴을 힐끔 바라봤다.

"……."

여전히 그 눈길은 어마어마하게 뜨거웠다.

적의나 살의, 악의 같은 것이 아닌… 이기겠다는 패기 단 하나만 가득했다.

명백히 '용감한 약자'가 보이는 눈길이 아닌가.

중견 선수로서 어울리지 않는 상황이다.

'9년 차 프로. 딱히 클레이에서 통할 것 같진 않은 스타일. 그러나 한 점 의심도 없이 자신의 스타일을 밀어붙인다. 그리고 자신의 마음을 그대로 코트 위에 실현시킨다. 실제로 내가 밀리는 상황이고. 그렇다면 나는 어떻게 나를 다스릴 것인가. 아니, 그전에 난 왜 '클레이'라는 이유로 며칠 동안 멈칫했는가.'

상대가 잘하고 있는 이유를 분석하고, 자신의 부족한 점을 통찰한다.

영석은 그런 사고방식에 통달한 사람이다. 그리고 영석은… 자신을 의심하는 것도 서슴지 않고 행할 수 있는 사람이다.

'바닥… 바닥을 봐야 해. 사람은 스스로도 얼마든지 속일 수 있어.'

짧은 시간 안에 바닥을 봐야 한다는 초조함이 뺨 위로 흐르는 식은땀으로 표출됐다.

두 눈을 감은 영석은 끊임없이 안으로, 깊이깊이 들어갔다.

머릿속에서는 괜히 시커먼 덩어리만 떠올랐다.

슥─

영석은 그 덩어리를 잘라내어 안을 들여다보았다.

"…답은 나왔다."

굳이 입으로 뱉어내며 답을 찾았다는 것을 스스로에게 각인시킨다.

'이건 답이야! 답이어야 해!'라고 말이다.

"똑같이. 스타일은 안 바꾼다. 지더라도."

영석은 인정하기로 했다.

'패배가 두려웠다'고 생각했던 것을.

짐짓 쿨한 태도로 '배울 것이 있다면, 한계를 찢어버릴 수만 있다면 패배해도 좋다'라고 스스로를 속였던 것을.

패배하기 싫어서 빠른 발을 살리고, 그저 받아쳤다.

쉽게 패싱당하기 싫어서, 공격적인 태도를 버렸다.

'부러지더라도, 장점을 더 날카롭게 벼려야 해. 클레이? 반탄력? 다 쓸모없게끔 만든다. 벼리고 벼려서 부러지더라도.'

안개 낀 무거운 뇌를 들고 다니기 꽤나 버거웠다.

이제야 영석은 결론을 내릴 수 있었다.

5 : 7.

영석은 1세트를 빼앗겼다.

깨달은 바가 컸다지만, 아구스틴의 기세는 흘러넘치고 있는 상태였고, 거의 접신의 경지에 다다른듯 보이는 강한 공들은 제아무리 톱10 안에 드는 영석이라도 쉬이 감당할 수 있는 경지가 아니었다.

즉, '무실세트 우승'이라는 달콤한 기록은 깨지고야 만 것이다.

'우승 자체가 불투명했으니… 어쩔 수 없는 노릇이지.'

1세트를 뺏겼지만, 영석은 그리 낙담한 상태는 아니었다.

아니, 오히려 개운한 표정이었다.

필시, 옳든 옳지 않든… 결정을 했다는 것에 기인한 개운함일 터다.

실제로 경기는, 4 : 4까지와는 달리, 긴박감이 넘치는 난타전이었기 때문이다.

하지만…….

―때리면 다 들어간다.

아구스틴의 1세트를 완벽하게 표현한 한 문장이다.

정밀함이나 예리함은 염두에 두지도 않고 그저 공을 찢어발기겠다는 기세로 라켓을 무자비하게 휘두른다. 그럼에도 공은 예술적으로 라인을 타고 놀든가, 구석을 예리하게 찍는다.

'…위험한 상태.'

1세트를 내준 건 전혀 거리낌이 없지만, 아구스틴의 상태는 영석에겐 꽤나 위험했다.

은어로는 '작두 탄 날'이라고 하는데, 선수가 어느 특정한 날 컨디션이 너무 좋다 못해 폭발하는 상태를 뜻한다.

그럴 때는 공을 '친다'고 표현하지 않고, '때린다'라고 표현한다.

150㎞/h가량의 그라운드 스트로크가 네트에도 안 걸리고, 아웃도 안 되고 쭉쭉 섬광처럼 쏟아지는 경지.

기이한 흥분 상태이기 때문에, 발도 빠르고 평소에는 상상도 못 했던 전개를 보이기도 한다.

한 구 한 구가 슈퍼 플레이.

'잘 알고 있지.'

영석도 이런 상태에서 플레이를 펼친 적이 있다.

모든 것이 슬로모션으로 펼쳐지고, 라켓으로 펼치는 무한한 공의 궤적 '전부'를 성공시킬 수 있다는 자신감으로 팽배한 상태.

이런 상태에 이르면, 그 누가 상대여도 이길 수 있다.

테니스 역사에 이름을 선명하게 새길 수 있는 유수의 톱 프로들이 상대적으로 실력이 모자란 선수들에게 패배하는 경우가 이에 해당한다.

"그렇게 놔둘까 보냐."

영석은 재빠르게 타개책을 생각했다.

이것은, '클레이에서의 마음가짐'과는 다른 차원의 문제.

심사숙고할 필요가 있다.

'기세를 타게 두면 안 돼.'

*　　　　*　　　　*

기대 속에 2세트의 막이 열렸다.

1세트의 마지막 게임이 아구스틴의 서브 게임이었기 때문에, 2세트는 영석의 서브 게임으로 시작한다.

공교롭게도, 1, 2세트 둘 다 서브 게임으로 시작하게 된 것이다.

꿀꺽—

영석의 귀로 관중들이 침을 삼키는 소리가 들리는 듯했다.

다윗의 승리를 염원하는 것일까.

불과 4개월 만에 수백만 명에게 이름을 떨쳐 알린 영석은 어느새 골리앗이 되어 있었다.

훅—

영석은 개의치 않고 공을 토스했다.

"……"

칼날처럼 예리한 시선이 아구스틴의 온몸을 분해할 듯 분석하고, 서브를 보낼 방향이 결정되자, 영석은 지체 없이 팔을 휘둘렀다.

콰아아앙!!!

소름 끼치는 타구음과 함께, 영석은 이를 악물고 네트를 향해 돌진했다.

쿵!

서비스라인쯤을 밟았을까, 공이 코트에 찍히는 소리가 울려 퍼졌고, 아구스틴이 라켓을 강맹하게 휘둘렀다.

240㎞/h의 서브에 대항하는 아구스틴은, 전혀 기죽지 않은 눈

빛을 보였다. 하지만 그것도 잠시.

영석을 힐끗 쳐다본 아구스틴은 움찔할 수밖에 없었다.

"……!"

어마어마한 기세를 흘리며 돌진하는 영석이 마치 전쟁터에 선 병사처럼 시리고 시린 눈빛을 쏘아낸 것이다.

쾅!!

촤르르륵—

잠시의 눈 마주침 때문일까.

아니면 우연의 일치일까.

공은 네트로 돌진하더니 맹렬하게 헛돌다가 1초가량이 지나서야 스르르 내려왔다.

"피프틴 러브."

아구스틴은 라켓을 뚫어져라 보고 있었다.

그리고 아무에게도 들리지 않을 말로 한참을 중얼거렸다.

영석과 눈을 마주치지 않고, 자신의 물오른 기세를 계속 유지하기 위해 스스로에게 암시를 걸고 있는 것이다.

'우선은 정신력.'

아구스틴의 이상 상태는 영석의 무기력한 대응과 본인의 퍼포먼스가 몇 번 성공한 것에 대한 고양(高揚)이 반복되면서 나타난 결과다.

영석으로선, 기세를 바꿔 찬물을 끼얹어야 하는 게 우선적으로 필요하다.

이어진 포인트는 격렬하면서도 고요했다.

공은 클레이 코트라는 환경이 무색하게 쭉쭉 깔리며 코트를 빠르게 오갔다.

그 전개는 실로 격렬하기 짝이 없었다.

반면, 한 포인트에 소요되는 시간은 극도로 짧았다.

여덟 포인트 전부 10구 내에 승부가 났다.

관중들은 두 선수가 뿜어내는 기세에 압도당해 고요함을 지켰다.

"후……."

듀스 끝에 2세트 첫 게임을 킵한 영석은 가느다란 한숨을 길게 뱉고는, 리턴을 준비했다.

'상대가 하이 페이스라면… 리턴하는 게 오히려 편하지.'

서브만큼은, 그 어떤 상태에 이르더라도 급작스럽게 좋아질 수 없는 영역의 요소다.

정확도는 올라갈 수 있지만, 속도가 더 빠르게 변하는 건 힘들기 때문이다.

자신이 공을 던지고, 자신이 휘두른다는 이 메커니즘은 서브를 이렇듯 특별한 영역으로 이끌었다.

쾅!!

아구스틴의 퍼스트 서브가 작렬했다.

쉬릭, 쉭—

뱀이 날아오듯, 공이 대기를 가르는 모습과 소리가 썩 좋지만은 않았다.

'와이드.'

잡념이 사라진 영석의 청명(晴明)한 머리는 집중력으로 들어차기 시작했고, 집중력은 통찰력을 이끌어냈다.

탓, 탁!

양팔을 오른쪽으로 쭉 뻗은 영석은 과감하게 허리를 크게 비틀었다.

'들어가게 되면, 절대 받을 수 없는 리턴을 스트레이트로 꽂는다.'

아구스틴의 흥분을 가라앉히기 위해서는 영석으로서도 제법 도박성이 짙은 선택을 해야 한다.

꾸득, 꾸득—

허리의 기립근이 벌떡 일어나고 근육의 결을 따라 몸이 잘게 잘게 갈라지기 시작한다. 섬세한 조각처럼 각 부분의 음영이 선연하게 대비된다.

광배를 넓게 아우른 힘은 어깨를 타고 들어와 마침내 새끼손가락에 이르렀다.

"하압!!!"

꽈아아아앙… 쿵……!!!

파공음이 넓게 퍼지는 와중에 공은 거짓말처럼 네트를 넘어, 순간적으로 사라진 것처럼 보였다.

파악—

낮게 튄 흙의 조각조각들이 공의 흔적을 남겼을 뿐이다.

"……."

꺄아오오오!!!

여러 함성이 섞여 묘한 소리가 영석에게 쏟아져 내렸다.

저벅저벅—

아구스틴이 애드 코트까지 걸어와 공이 찍힌 흔적을 살펴봤다.

라인 안 10㎝쯤에 다른 곳과는 확연히 다른, 약간 옅은 색의 흙이 아구스틴의 눈에 들어왔다.

"후."

어깨를 으쓱인 아구스틴이 다시금 라켓을 들어 빤히 쳐다봤다.

'조금은… 식었으려나?'

뒤돌아선 영석이 냉엄한 표정을 풀고, 가볍게 웃으며 발을 들어 흙을 털어냈다.

후드득—

붉은 것들이 떨어지는 소리가 참으로 듣기 좋았다.

＊   ＊   ＊

아구스틴의 기세를 죽이기 위한, 도박성 짙은 영석의 선택은 2세트 내내 이어졌다.

상대가 명백히 절정의 역량을 보이고 있기 때문에, 영석 또한 그 이상의 퍼포먼스를 보여줘야 했기 때문이다.

퍼엉!!

5 : 3.

2세트 막바지에 이르러, 영석의 서브는 여지없이 완벽하게 구석을 찌른다.

퍼스트 서브 성공률 평균 83.2%

2세트까지 더블폴트는 0개.

완벽하다는 말이 절로 나올 정도로 한결같이 강맹하며 정확한 영석의 서브는 아구스틴을 질리게 만들었다.

펑!!

그럼에도 불구하고 아구스틴은 올라올 대로 올라온 자신의 기량을 아직까지는 잘 유지하고 있었다.

쉬익―

송곳 같은 리턴이 영석의 발밑을 찌른다.

펑!

살짝 뒤로 점프하며 영석이 공중에서 팔을 휘둘러 포핸드를 쳤다.

일종의 포핸드 잭나이프.

코스는 스트레이트로, 공은 애드 코트를 향했다.

타닷! 츠츠차악!

아구스틴이 쭉쭉 미끌어지며 공에 도달했다.

그리고 이어진 혼신의 백핸드.

꽈앙!!

마찬가지로 스트레이트로 영석이 서 있는 그 자리에 뻗어온다.

'……'

누가 봐도 크로스로 보냈어야 할 상황에서 아구스틴은 기어 코 스트레이트로 공을 보냈다.

영석은 그 공에 담긴 아구스틴의 의도를 알아차렸다.

"백핸드 대결……"

가끔은 이렇게 합리적이지 않아 보이는 전개가 나오기도 한다.

기세가 서서히 죽어가고 있는 아구스틴이 건곤일척(乾坤一擲)의 승부수를 띄운 것이다.

─이 대결에서 다시 나의 페이스로 돌린다.

영석의 얼굴에 귀기 어린 웃음이 맺혔다.

살 떨리는 대치, 조금의 차이로 목이 베인다는 서늘한 감각…….

'좋아.'

영석은 양팔에 긴장감을 불어넣고 하반신에 걸려 있는 부하를 줄였다.

훅─

심호흡과 함께 영석은 엄청난 속도로 쏘아지고 있는 공을 향해 앞으로 몸을 던졌다.

"……."

크게 열린 동공은 미동도 하지 않고 공을 분해하듯 관찰한다.

슥, 슥─

허공에서 다리를 살짝 놀려 중심을 세운 영석이 양팔을 짧게 휘두른다.

쾅!!

잭나이프와 라이징이 어색하게 섞여 있는 듯한 백핸드.

하지만 결과는 충격적이었다.

쎄에엑─ 툭─

최소한의 회전을 먹은 공이 네트 위를 살짝 스치며 곧게 직선을 그린다.

후웅─

라켓이 휘둘러지는 소리와 함께,

펑!

아구스틴의 백핸드가 다시 펼쳐진다.

쉬릭—

이번에는 큰 포물선을 그린 공이 성큼 베이스라인까지 날아와 튕긴다.

훅—

다시 한 번, 영석은 몸을 공중으로 띄웠다.

언젠가 한 번은 선보였던 '뒤로 뛰어 잭나이프'를 시전하려는 것이다.

휘릭—

영석의 거체가 공중에서 꿀렁거리더니, 타구음이 터진다.

쾅!

촤아아악—

영석은 왼 다리를 길게 뒤로 뻗으며 안정적으로 착지했다.

몸의 무게가 무게인지라, 몸이 1m가량 뒤로 밀렸다.

쉭—

그 와중에도 공은 짧은 파공음을 내고 순식간에 뻗어나갔다.

포핸드까지 포함하여 연속 세 번으로 펼친 잭나이프에, 아구스틴은 이를 악물더니, 마침내 크로스로 공을 보냈다.

펑!

촤악! 촤차차차악!

그러고는 현란한 몸놀림으로 네트로 달려오는 아구스틴.

'크큭!'

영석은 비틀린 웃음을 짓고는 쏜살같이 애드 코트로 달려가 그대로 러닝 포핸드로 공을 후드려 갔다.

꽝!!

"……!!"

그 공은 아구스틴의 우측을 크게 벗어나서 쭉쭉 뻗어갔고,

쿵!

베이스라인 근처에 꽂혔다.

"화아……!!"

"컴온!!!"

그림 같은 패싱샷에 관중들이 환호성을 지르려는 찰나, 영석의 사자후가 모든 소리를 제압하고 아구스틴에게 꽂힌다.

"……."

아구스틴은 한차례 몸을 움찔 떨더니, 모자를 거칠게 눌러썼다.

　　　　　*　　　　　　*　　　　　　*

숙소 로비.

"졌어?"

참담한 얼굴로 앉아 있던 이재림은 영석의 부름에 힘없이 고개를 들어 애처로운 눈빛을 보냈다.

"……."

그러고는 느리게 고개를 한 번 끄덕였다.

"……."

영석이 이마를 짚으며 들리지 않는 한숨을 내뱉었다.

"넌?"

이재림이 생기 한 점 없는 표정으로 묻자 영석은 껄끄러운 느

낌을 받았다.

"이겼어."

"에휴……."

짝짝짝—

이재림은 한숨을 쉬면서 박수를 크게 치더니 갑자기 벌떡 일어났다.

"멋있다, 내 자랑!"

떨리는 눈으로 영석의 어깨를 한 번 툭 친 이재림이 몸을 돌려 계단을 향해 몸을 옮겼다.

"야! 가게?"

영석이 이재림의 등에 대고 묻자, 이재림이 잠시 멈춰서 숨을 고르더니 답했다.

목소리가 심하게 떨렸다.

"고, 작 하루 차이인데… 보, 보고 가지 뭐."

"……."

영석은 '잘 쉬어라' 같은 천진한 안부를 건넬 수 없었다.

"세트스코어는 어땠어요?"

영석이 조금 가라앉은 목소리로 강춘수에게 물었다.

"5 : 7, 4 : 6이었습니다."

"……."

영석이 말없이 한숨을 내뱉자 옆에 있던 박정훈이 부연했다.

"그, 그래도 박빙이었어! 거의 다 이긴 건데! 한 끗 차이가……."

"…네."

아마도 그것은 포인트를 결정지을 수 있는 '공격성'일 것이다.

둘 다 끈기 있는 타입으로 랠리를 길게 가져간다고는 하지만, 경기를 결정지을 수 있을 때 결정짓는 능력에서 차이가 난 것이다.

박정훈의 말에는 이러한 의미가 내포되어 있다.

"그보다 영석 선수는 몇 대 몇이었다고?"

찍사(?)의 임무를 강춘수에게 맡기고 이재림의 경기를 보러 갔던 박정훈이 분위기를 전환시키려는 듯 영석의 경기 결과를 물었다.

답은 강춘수가 대신했다.

"5 : 7, 6 : 3, 6 : 4입니다."

"위험했구먼……."

박정훈은 머리를 긁적이며 메모지에 영석의 스코어를 적어 뒀다.

'다비덴코라…….'

영석은 내일 붙을 결승전 상대의 이름을 가만히 뇌까렸다.

쓸쓸한 이재림의 뒷모습이 옅게 희석된다.

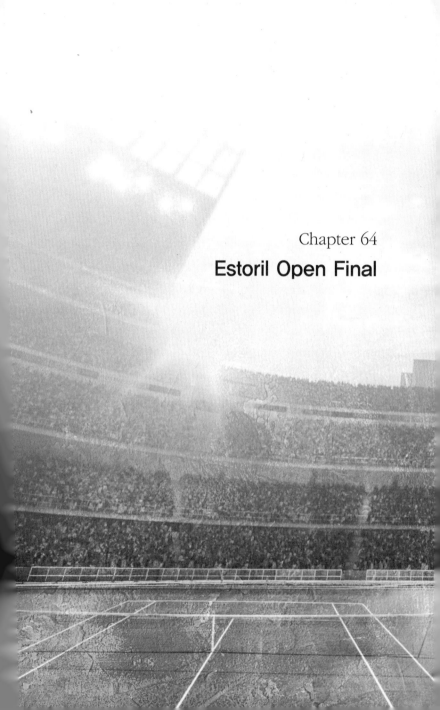

Chapter 64

Estoril Open Final

2003년 4월 13일.

영석의 2003년 투어 일정 중, 클레이 시즌의 시작을 알리는 에스토릴 오픈의 결승전이 시작되는 날.

"컨디션은?"

이재림이 퉁퉁 부은 눈으로 밥을 먹으며 영석에게 물었다.

'여전히 눈물이 많은 녀석'이라는 생각과 함께, 격려하고 싶은 마음이 한가득이었으나, 영석은 담담하게 답했다.

"좋아. 오늘 짐 잘 싸놔. 이기자마자 바로 다음 일정 가야 하니까."

움찔—

이재림은 영석의 말에 한차례 몸을 움찔거렸다.

'끝나자마자'가 아닌, '이기자마자'이다.

이 끝없는 자신감이 솟을 수 있는 근거는 무엇일까 고민하다 보면 결국은 '실력'이라는 답이 도출된다.

이재림은 그게 너무 부러웠다.

그리고 왜 자신은 그런 마음을 품을 수 없는지 안타까워했다.

"몸은 풀어야지?"

친구로서 해줄 수 있는 것은, 지금 당장은 몸을 데우는 일에 도움을 줄 수 있는 정도.

영석은 한없이 기꺼운 미소를 지으며, 이재림의 마음에 화답했다.

"고마워."

　　　*　　　　　*　　　　　*

니콜라이 다비덴코(Nikolay Davydenko).

일전에 영석이 떠올렸던 이 선수는, 조용하고 모범생 같은 태도로 많은 이들의 사랑을 받았던 선수다. 화내거나 무례한 언동은 일절 없이, 묵묵히 한결같은 모습으로 코트를 누비는 모습에서 강한 호감을 느낀 것이다.

한평생 투어를 다니는 내내 이코노미석을 사용했다는 믿기지 않을 얘기까지 있을 정도다.

'지금은 대머리가 아니었군!'

그러나 영석이 다비덴코를 처음으로 보고 놀랐던 점은 아직 머리숱이 있는 모습이었다.

모자를 눌러쓴 모습이었는데, 뒷머리가 듬성듬성 모자 밖으로 삐져나와 있었다.

대머리인 다비덴코의 모습에 익숙한 영석은 가벼운 충격을 받았다.

'그리고… 너무 말랐어.'

180㎝도 안 되어 보이는 이 선수는 정말이지, 너무나 깡말라서 용케도 프로 생활을 하고 있다는 생각이 들 정도였다.

"보이는 것과는 다르다는 거지."

기대감이 어린 영석의 얼굴은, 소년 때의 그것과 별반 달라진 점이 없었다.

1세트 첫 게임.

동전 던지기를 통해 서브권은 다비덴코에게 넘어갔다.

쾅!

'보통.'

공이 라켓에 닿자마자, 영석은 빠르게 판단한 후 공의 궤적을 확인하고는 지체 없이 양손 백핸드로 응수했다.

콰앙!!

코스는 크로스.

노리는 곳은 다비덴코의 발밑.

포인트를 따기보다, 앞으로의 전개를 위해 상대의 역량을 파악하려는 영석의 버릇이 발동됐다.

차, 촤악!!

가벼운 몸을 날렵하게 움직인 다비덴코가 몸을 흔들어 무게 중심을 극적으로 이동시켰다.

그리고 이어진 것은 놀랄 만큼 빠른 스윙 스피드.

쾅!!

쉬익―

예리하게 파고드는 스트레이트가 애드 코트로 향했고, 일찌감치 그 코스를 예상했던 영석은, 여유롭게 공을 따라잡아 왼팔을 휘둘렀다.

쾅!!

코스는 크로스.

직선으로 뻗어가는 공격적인 선택보다는, 방금 전과 같이 다비덴코의 반응을 보고자 하는 의도가 깔려 있다.

그리고 다비덴코는 영석의 기대를 충족시켰다.

차차차착― 차착!!

여리여리한 몸을 가볍게 놀려 공에 다다른 다비덴코는, 달려가는 기세를 그대로 살려 양팔을 엄청난 속도로 휘둘렀다.

쾅!!

러닝 백핸드가 무시무시한 기세로 직선을 그리며 날아들었다.

코스는 스트레이트. 듀스 코트였다.

'이걸론 안 돼.'

촤차차악―!!

아구스틴의 신들린 그라운드 스트로크를 경험해서일까.

반강제적으로 클레이 코트에서의 움직임을 충실하게 몸에 익힌 영석은 다비덴코를 웃도는 속도로 움직였다.

"……."

다비덴코의 눈가가 경련한다.

거대한 몸이 너무도 산뜻하게 움직이는 기괴한 모습은, 같은 프로여도 감탄을 자아내기에 충분했기 때문이다.

콰앙!!!

영석 또한 달려가는 기세를 그대로 살려 러닝 백핸드를 구사했다.

이것만큼은, 영석의 모든 부분에서 가장 탁월한 영역.

둔탁한 충격이 영석의 고막을 한없이 두들긴다.

"······!!"

코스는 마찬가지로 스트레이트.

애드 코트에서 멍하니 서 있는 다비덴코를 향해 공이 짓쳐 든다.

길고 빠른 그 공을 대처하는 숙련도에 따라, 다비덴코에 대한 영석의 평가가 결정되는 중요한 순간.

스팡!!!

자세가 무너진 상태에서, 다비덴코는 팔만을 이용해 짧으면서도 강렬한 스윙을 선보였다.

공은 센터마크를 향해 날아왔다.

'잘해!'

코스를 찌르는 예리함이나 공에 실린 묵직함 같은 요소는 없지만, 용케 그 빠른 공에 대응했다는 점에서 일단 영석은 긴장했다.

펑!!

센터마크에 선 영석이 11시 방향으로 인사이드—아웃 코스의 포핸드를 날림과 동시에 네트를 향해 짓쳐 들었다.

'어떤 패싱을 보여줄 거냐.'

짤막한 상념 한 토막과 함께 달려 나가고 있는 영석의 심장이 설렘으로 격렬히 박동한다.

타닷, 촤차차차차악!!

이번에는 러닝 포핸드가 아닌 것인지, 공을 지척에 두고 길게 미끄러진 다비덴코가 번쩍거리듯 빠른 스윙을 펼쳤다.

쾅!!

'흑—!'

숨을 내뱉은 영석이 섬세한 사이드 스텝으로 왼쪽을 향하고 허리를 굽혀 공에 반응했다.

쿵! 퉁—

코트 바닥에 라켓을 세워 고정시켜 놓은 그 장소에, 공이 자연스럽게 찾아왔다.

휙—

라켓에 공이 닿자마자 영석은 뻗었던 팔을 뒤로 털었다.

공에 실린 힘을 조금이라도 죽이려는 시도.

툭, 툭…….

네트를 살짝 넘은 공이 힘없이 떨어져 두 번 튕겼다.

짝짝짝—!!

첫 포인트부터 수준 높은 전개를 보인 두 선수를 향해 박수갈채가 쏟아지기 시작했다.

*　　　　*　　　　*

3 : 3.

1세트도 중반에 접어들었다.

지금까지는 으레 있을 법한, 톱 플레이어들의 탐색전이었다고 볼 수 있었다.

'실용적이야.'

영석은 다비덴코의 플레이를 보며 감탄에 감탄을 거듭하고 있었다.

70kg도 안 되어 보이는 여리여리한 몸에서 나왔다고는 믿을 수 없는, 강렬한 공이 다비덴코의 특징이었다.

'몸을 잘 써.'

자신이 갖고 있는 요소를 누구보다 잘 파악하고, 이를 최대로 활용할 수 있는 통찰력과 꾸준한 노력이 다비덴코의 근간을 이루고 있었다.

예를 들어, 그는 무게중심을 이동할 때, 여타의 선수와는 다르게 다리를 지렛대 삼아 몸을 가볍게 흔드는 모습을 보였다. 부족한 힘을 보충하려는 것인데, 그 판단은 정확해서 그의 공에 실린 힘은 일반적인 수준을 벗어나 있다.

두 번째 특징.

괴이할 정도로 빠른 스윙 스피드를 선보인다.

라켓으로 공을 '민다'는 개념보다는, 팔을 빠르게 당기는 것에 초점을 둔 그의 스윙은, 모자란 모든 부분을 빠른 스윙 스피드로 커버를 하는 단계에 이르렀다.

덕분에 그의 공은, 스트레이트로 향할 때보다 크로스를 그릴 때 상대에게 큰 위협이 된다.

'타점을 잘 포착하고, 명쾌하게 보낼 곳을 설정한다는 거지.'

이 두 가지만으로 다비덴코는, 톱 플레이어로서의 소양을 지녔다고 여겨질 수 있다.

'다른 재능도 차고 넘쳐.'

번뜩이는 예감과 예리한 통찰력으로 몸을 움직이는 타입은 아니었지만, 다비덴코는 빠르고 성실한 움직임을 보인다. 빈틈이 생길 때까지 끈기 있게 상대를 물고 늘어질 수 있는 발과 체력이 있을뿐더러, 빈틈이 생겼을 때 포인트를 가져갈 수 있는 완숙한 기술과 대담한 담력까지 보유하고 있다.

발리, 미묘한 터치 감각, 지구력…….

이 모든 것에 있어서 그는 명백히 평균 이상의 능력을 보유하고 있다.

'그러니까 그렇게 잘했겠지.'

메이저 대회, 투어 파이널 등의 '큰 대회'와 연이 없었을 뿐, 그는 페더러와 나달에게 꽤나 많은 승리를 거둔 선수 중 한 명이었다. 10년에 가까운 양강 체제에서 말이다.

그리고 그 플레이 스타일은, 잔디를 제외한 하드, 클레이에서 환경의 영향을 최소한으로 하고, 기량을 온전히 풀어낼 수 있는 요소가 된 것이다.

'그래도… 비벼볼 수 있겠어.'

영석은 고개를 털며 끝 간 데 없이 올라가고 있는 다비덴코의 평가를 잠시 멈추고 냉정하게 바라봤다.

그가 아는 다비덴코는, 필요할 때 공격적인 플레이를 펼치는 것을 넘어서, 언제든 랠리의 전개를 조율할 수 있는 수준 높은 플레이를 펼칠 수 있었다.

군이 비유하자면, 영석이 설계를 짜듯 말이다.

지금은?

아직은 모른다.

'일단 그 점을 파고든다.'

볼키즈에게 받은 수건으로 가볍게 얼굴은 훑은 영석이 날카로운 눈빛을 번뜩였다.

*　　　　　*　　　　　*

앞으로도 쭉 영석의 고민거리로 남겠지만, 클레이에서 영석의 공격적인 성향은 많이 죽을 수밖에 없었다.

그걸 감내하고서라도 초지일관의 플레이 스타일을 펼치겠다는 것이 영석의 다짐이었는데, 결론은 이렇다.

─한풀 꺾인 영석의 기량이 어디까지 통용될 것인가.

아구스틴에게는 통용됐다.

하지만 언제가 됐든, 자신의 선택을 패배로 이끌 수 있는 상대를 만나게 될 거란 걸, 영석은 잘 알고 있었다.

그리고 영석은, 지금 다비덴코라고 하는 훌륭한 시험대에 자신을 올려놓고 있는 상태였다.

쾅!!

여지없이 훌륭한 영석의 플랫 서브.

영석은 주저 없이 네트를 향해 달려 나갔다.

쾅!

그 어떤 선수보다도 빠르게 보이는 다비덴코의 스윙이 펼쳐지고, 거대한 타구음이 쩌렁쩌렁 울린다.

"훅!"

영석은 기괴한 자세로 무너지며, 자신의 왼쪽을 빠져나가려는 공에 몸을 던졌다.

쭉 펴진 팔이 굉장히 위태로워 보였다.

퉁— 탁!

공을 건드린 라켓을 지팡이 삼아, 완전히 넘어지려는 몸에 제동을 건 영석이 재빨리 몸을 일으키고는 눈에 힘을 줬다. 깜빡이려는 본능을 억누르려는 것이다.

타다다닷! 촤아아악!!

멋지게 미끄러진 다비덴코가 구석을 찌른 영석의 발리에도 당황하지 않고, 공을 따라잡아 예의 '당기는 스윙'을 펼쳤다.

쾅!

타점을 잡는 것이 신기하게 여겨질 정도의 스윙.

코스 또한 예리하기 짝이 없었다.

"흡!"

다시 한 번 몸을 크게 던진 영석이 기우뚱거리며 팔을 뻗었다.

긴 팔다리가 공중에서 허우적거린다.

퉁!

모양새는 볼품없었지만, 범상치 않은 감각으로 반 박자 빠르게 몸을 날린 덕분일까, 라켓은 이번에도 행운처럼 공에 닿았다.

촤촤아아악!

다비덴코가 여전히 산뜻한 몸놀림으로 공을 쫓는다.

침착한 표정을 통해 그의 평정심을 엿볼 수 있었다.

팡!!

그리고 그의 판단은 로브.

좌우 어디로 보내도, 영석이 가까스로 공을 받아내는 것을 본 후 판단한, 실로 냉정한 선택이었다.

씨익—

그러나 영석은 당황하기는커녕, 입꼬리를 선뜻 올리며 미소를 그렸다.

탁, 탁, 착!

라켓을 번쩍 들어 서브를 치기 전의 트로피 자세를 만든 영석이 뒤로 껑충껑충 뛰며 공을 쫓았다.

뒤로 뛰고 있음에도 엄청난 속도였다.

"…후우우……."

넘어지진 않을까 걱정될 정도로 빠르게 뒤로 물러선 영석이 마침내 공을 따라잡았고, 벼락같은 스윙이 이어졌다.

쾅!!!

쉬익—

멋진 스매싱.

하지만 다비덴코는 그 공을 쫓았다.

그리고 영석도 재차 네트를 향해 돌진했다.

둘 모두 침착하기 이를 데 없는 훌륭한 판단.

쾅!

라켓을 던져 맞춘다는 느낌이 들 정도로 짧은 스윙이 다비덴코의 손에서 펼쳐졌고,

쉬익—

촤아악—

날아온 공을 향해 침착하게 눈빛을 빛낸 영석이 다리를 크게 벌려 매끄럽게 미끄러진 후, 우아하게 발리를 댔다.

퉁!

툭, 툭…….

우측으로 깊게 깔린 낮은 공이 라인을 한 번 밟고는 훌쩍 코트를 떠나 다시 한 번 튕겼다.

"크아!"

영석은 한차례 포효를 터뜨리며 격렬하게 오른손을 쳐들었다.

6 : 4.

1세트는 그렇게 영석의 승리로 끝을 맺었다.

*   *   *

1세트를 승리로 마무리 지었지만, 그것은 한 치 앞을 예상할 수 없는 경기 양상을 통해 이룩한 것이었다.

침착하게 자신의 스타일을 잘 유지하는 다비덴코와 어떻게든 자신이 짠 틀에 욱여넣으려는 영석의 대결 구도가 펼쳐진 것.

"막무가내네……"

모자를 푹 눌러쓰고 관중석에 앉은 이재림이 혼잣말을 내뱉었다.

영석이 어린아이처럼 억지를 부리는 듯한 모습을 보였기 때문인데, 이 낯선 모습이 이재림에게는 조금 충격적으로 다가왔다.

"방법이 없나 보군……."

박정훈은 20년가량의 전문 기자로서의 통찰력을 발휘하여 한마디로 진단을 내렸다.

그리고 그 진단은 제법 잘 들어맞았다.

걸핏하면 도박성 짙은 공을 날리고 네트로 돌진하는 모습, 한 구 한 구가 예리함보다는 빠르게 쏘아낼 뿐인 그라운드 스트로크…….

평소의 스마트한 영석의 플레이와는 극명하게 대조되는, 이 플레이는 그야말로 '막무가내'라고 판단할 여지가 가득했던 것이다.

"그래도 결과적으로는 기세가 살아나고 있습니다."

유일하게 강춘수만이 영석을 옹호했다.

"확실히… 저게 계속해서 성공한다면, 영석 선수는 클레이에서도 훌륭한 커리어를 유지할 수 있을 거야."

강춘수의 말에 동의하는 듯, 박정훈이 고개를 주억이며 말을 이었다.

"……."

이재림은 그런 두 사람의 말을 한 귀로 듣고 흘려내며, 눈 한 번 깜빡이지 않고 벤치에 앉아 쉬고 있는 영석을 또렷하게 바라봤다.

'나 원…….'

이재림의 눈초리가 느껴졌을까.

영석이 한차례 가볍게 웃고는, 자신을 점검하기 시작했다.

라켓의 스트링을 손가락으로 한 줄씩 퉁기며 장력을 체크하는 것도 잊지 않았다.

몇몇 줄이 상대적으로 헐거운 느낌이 대번에 들었다.

'너무 후드려 까고 있어.'

탄력성이 큰 만큼, 공의 힘을 쉽게 죽여 버리는 클레이.

영석은 그런 특징을 이겨내기 위해 평소보다 더욱더 눌러 치고, 회전을 죽이는 쪽으로 그라운드 스트로크를 행했었다.

자연히 네트를 못 넘기는 경우도 많고, 아웃도 평소보단 많을 수밖에 없었다.

"그래도… 지금은 이게 최선이야."

자신의 선택을 감싸는 것일까.

한차례 조용히 중얼거린 영석이 가방에서 새로운 라켓을 꺼내 비닐을 벗기기 시작했다.

2세트는 시작부터 빠르게 전개되기 시작했다.

선택의 여지가 없는 영석으로서는, 본인의 공격성을 극도로 활용한 전개를 그려 나갈 수밖에 없었고, 다비덴코는 그에 응수하여 어떻게든 페이스를 자신의 것으로 끌고 오려 했다.

그리고 그 선택은 강공이었다.

쾅!!

쾅!

크로스에서 한 차례씩 공을 주고받은 후, 다비덴코는 템포를 한 단계 더 높였다.

쾅!!

눈에 보이지도 않을 정도의 스윙이 통렬하게 공을 강타한다.

코스는 스트레이트.

영석은 듀스 코트로 달렸다.

기이이잉—

갑자기 귓가에 이명이 맴도는 것과 함께, 영석은 '그 감각'을 느꼈다.

모든 것이 느려지는, 어찌 보면 편리할 수도 있는 감각.

'왜?'

지금은 이 감각이 나와도 쓸모가 없었다.

영석은 한없이 끌어올린 집중력의 부산물이 이렇게 느닷없이 나타나자 당황했다.

슈우우—

우욱!

그렇게 집중력이 살짝 깨지자, 세상이 다시 빠르게 변했다.

"크윽—!"

탓, 타다다다 촤악—

미묘한 타이밍의 오차가 생기자, 입술을 짓이긴 영석은 꼬이려는 스텝을 부여잡고 공에 다다랐다. 공을 지척에 둔 영석의 눈은 얼음장처럼 차가웠다.

쾅!!

용케 타점을 맞춘, 한계에 가까운 빠른 스윙이 펼쳐졌고, 영석은 다비덴코에게 끌려다니지 않겠다는 듯, 크로스를 선택했다.

벼락처럼 뻗어져 나간 공을 쫓는 다비덴코의 눈초리 또한 차갑고 차가웠다.

촤아아악―

얕고 깊은 코스로 들어간 공을 정상적으로 처리하기엔 힘에 부쳤는지, 다비덴코는 거의 주저앉듯, 다리를 길게 찢어 손목을 이용해 커트해 내려고 했다.

틱―

그러나 공은 라켓 테두리를 맞고 엉뚱한 곳으로 튕겼다.

"후우……."

그 모습에 참았던 숨을 한차례 길게 토해낸 영석은 라켓 스트링을 벅벅 긁으며 다음 포인트를 준비했다.

'미치겠군…….'

이기고 있지만, 쫓기는 듯한 느낌이 스멀스멀 피어오르고 있었다.

                    *   *   *

5 : 3.

2세트의 스코어.

조금씩 조금씩 자신의 스코어를 쌓고, 다비덴코의 스코어를 빼앗고 있음에도 불구하고, 영석의 표정은 그리 밝지 않았다.

'요행의 연속…….'

공격성을 한층 더 드러내며 템포를 빠르게 가져가는 작전은, 비단 영석뿐 아니라 상대하고 있는 다비덴코에게까지 영향을 끼쳤다.

―필요할 때 공격성을 발휘하는 것으로는, 영석을 감당할 수

없다.

이와 같은 판단을 내린 것일까.

정신이 하얗게 물들어 버릴 정도로 빠른 영석의 공에 대응하기 위해 뛰어다니고, 팔을 휘두르다 보니 덩달아 템포가 빨라졌고, 영석과 마찬가지로 다비덴코 자신의 실수 또한 잦아지는 결과를 초래한 것이다.

둘 다 '클레이'라는 특징을 도외시하고 도박성 스트로크를 남발하고 네트로 뛰쳐나가기 일쑤인 모습이다.

'내 선택이지만… 볼품없군.'

아구스틴의 경우와는 달랐다.

그때는 아구스틴의 불같은 기세에 대항하여 영석이 나름의 활로를 찾은 것.

폭발하려는 감정과 기세에 몸을 맡겨도, 팽팽한 줄 위에서 곡예를 펼칠 수 있는 분위기가 조성되었었다.

그리고 그게 해답이라도 되는 것처럼, 영석은 결승전에서 그때의 전략 그대로를 옮겨 실행했다.

그 결과, 다비덴코는 침착함을 유지하여 잘 대응하는가 싶더니, 1세트를 빼앗기고는, 속절없이 졸전으로 향하는 지름길을 택하고 말았다.

결론적으로는, 영석에게 좋은 상황으로 진행됐지만, 영 마뜩지 않았다.

"……."

차라리 먹히지 않았다면, 자신의 선택을 우습게 짓밟을 수 있는 강자가 상대였다면… 영석은 이처럼 찝찝한 기분을 느끼지 않았을 수도 있다.

비장한 얼굴로, 자신의 이번 대회 마지막 게임이 될 수도 있는 서브 게임을 준비하는 다비덴코를 보니 착잡함은 더욱더 커졌다.

—계속 통한다.

최악을 피해 차악을 선택한 것이, 아구스틴에 이어 다비덴코에게까지 계속 통용되는 게 아이러니하게도 영석에겐 좋은 영향을 주지 못했다.

휘리릭— 쾅!!

그럼에도 어김없이 다비덴코는 서브를 날렸고, 영석은 그에 맞춰 몸을 움직일 수밖에 없었다.

기이잉—

그리고 습관처럼 공에 집중하기 시작하자, 여지없이 '그 감각'이 발현하기 시작했다.

"……."

조금은 애달파 보이는 씁쓸한 미소를 입가에 살포시 건 채, 영석은 공을 향해 팔을 뻗었다.

*   *   *

"……."

경기가 끝나자마자 프랑스 로크브륀 카프 마르탱(Roquebrune —Cap—Martin)으로 향한 일행은 무거운 침묵을 하루 종일 매단 채 서둘러 숙소로 향했다.

13일에 끝난 에스토릴 오픈에 이어 14일부터 시작되는 몬테카를로 마스터스(Monte-Carlo Masters)에 참가하기 위해서다.

몬테카를로 마스터스(Monte-Carlo Masters)는 프랑스 로크브뢴 카프 마르탱에서 매년 개최되는 ATP 마스터스 시리즈에 속하는 대회다. '의무 규정'에 해당하지 않는, 유일한 마스터스 시리즈로도 유명하다.

개최 도시인 로크브뢴 카프 마르탱은 프랑스의 가장 작은 행정구역 단위인 '코뮌'의 하나로, 몬테카를로로 유명한 모나코와의 접경 지역에 위치해 있다.

당연하게도 코트 종류는 클레이 코트이며, 마스터스 시리즈답게 랭킹 포인트가 무려 1,000이나 걸려 있다. 또한 지금까지 한 번도 이 대회에 참가하지 않았던 영석과 이재림에게는 참가하는 것 자체가 무조건적인 이득이었기 때문에, 이 대회에 참가할 수밖에 없었다.

"왔어?"

"네, 형. 며칠밖에 안 지났지만… 잘 지내셨죠?"

"……"

이형택이 일행을 보고 반가운 웃음을 지으며 다가왔고, 이재림이 나름 살갑게 인사를 받았다. 하지만 영석은 깊게 고개를 숙이는 것으로 인사를 대신했다.

이형택은 일행을 감싸고 있는 우중충한 분위기에 흠칫하고는 말을 잇지 못했다.

순간적으로 어색한 분위기가 한층 더 강해졌다.

"……"

"……"

그러자 이재림이 못 참겠다는 듯이 버럭 성을 냈다.

"아 진짜! 같이 못 다니겠네!"

갑자기 터진 고함에 그 자리에 있던 사람들 모두 토끼 눈을 하고는 이재림을 바라봤다.

"야! 정신 좀 차려!"

이어진 이재림의 일갈에 다소 멍한 눈이었던 영석이 정신을 차린 듯, 주변을 둘러보더니 이형택을 발견하고는 고개를 숙여 다시 인사를 했다.

"아, 선배님. 제가 정신이 팔려 있는 통에 인사를 제대로 못 드렸습니다."

"…무슨 생각을 그렇게 하는 거야? 졌어?"

이형택이 손을 휘휘 저어 영석의 무례 아닌 무례를 걷어내고 걱정이 담긴 어조로 물었다.

"아닙니다. 우승했습니다."

"맞아! 우승했지. 근데 왜 죽을상이냐고."

이재림이 옆에서 툴툴거리듯 영석에게 면박을 줬다.

방금 전보다는 노기(怒氣)가 많이 가라앉은 기색이다.

영석은 쓴웃음을 매달고 답했다.

"음… 그냥, 결승전 생각하고 있었어."

＊　　　　＊　　　　＊

2세트 스코어 5 : 3.

다비덴코의 서브 게임.

다비덴코는 킵하는 데 성공했다.

회의감(懷疑感)이 문제였을까.

영석의 엄청난 리턴은 무려 두 개가 아웃됐고, 두 포인트는 랠리전 도중 아웃을 시키며 그렇게 러브 게임(Love game : 네 개의 포인트만으로 한 게임이 끝난 것)을 당하기에 이르렀다.

'그 감각'은 들쑥날쑥하며 영석을 괴롭게 만들었다.

그렇게 5 : 4의 스코어가 만들어졌고, 이어진 서브 게임에서 영석은 두 개의 에이스와 두 개의 서브&발리로 러브 게임을 되갚아주며 우승하는 것에 성공했다.

"우와아아아!!"

우승이 결정되자, 관객들은 환호를 해주며 박수를 보내었다.

하지만 영석은 크게 기뻐하지 못했다.

'결국, 내 미숙한 선택이 그대로 우승까지 갔구나.'

찝찝함이 우승의 기쁨을 누른 것이다.

누구에게 말하지도 못할, 이상한 괴로움이 영석을 하루 종일 따라왔고, 영석은 침묵을 지키며 끊임없이 고뇌하고 또 고뇌했다.

그것이 우중충한 분위기를 잉태한 것이다.

툭—

"이겼으면 된 거지 뭐."

영석의 등을 살짝 친 이재림이 나직한 어조로 격려했다.

'결승전'이라는 단어를 듣고 나서 영석의 상태를 알아차렸기 때문이다.

영석이 하고 있는 고민을 감히 이해하진 못해도, 동조할 수는 있는 것.

영석은 쓰게 웃으며 답했다.

"고마워. 아, 선배님. 죄송한데 저는 먼저 올라가 있을게요. 아까 시합이 끝나서인지, 온몸이 말이 아니네요."

"그래, 컨디션 조절 잘하고."

영석은 이형택에게 인사를 남기고는, 강춘수에게 물리치료사 한 명을 요청했다.

강춘수는 고개를 끄덕여 대답을 대신했다.

*   *   *

"하아……."

불 꺼진 방.

마사지를 받고 영석은 잠을 청하고 있었다.

클레이 시즌을 맞이하고 몇 번이나 남몰래 한숨을 내뱉었을까.

겨울도 아니건만, 자신의 한숨이 뿌연 입김으로 화해 눈에 보이는 것 같은 기분이 든 영석은 씁쓸하게 웃음 지었다.

"답을 내놓았나 싶었는데, 아구스틴에게, 그 당시에만 통할 하찮은 미봉책이었고……."

첨예하게 고민하고 답을 내리면, 반드시 그것은 정답이었다.

이 알고리즘은 어느새 영석의 정신을 물들이고 있어서, 영석은 면역력 없는 사람처럼 진정한 난제(難題)를 만나 고민의 수렁에 빠져 버리고 만 것이다.

실패(失敗)라는 것에 대한 거부감과 막연한 불안감이 그를 짓누르고 있었다.

"후우……."

한숨을 쉬는 동안에도, 시간은 무심하게 흐르고 있었다.

그리고 당장 내일은 몬테카를로 마스터스가 시작되는 날이고 말이다.

'돌아버리겠군……'

영석은 멀찌감치 떨어져 있는 수마(睡魔)를 서둘러 청했다.

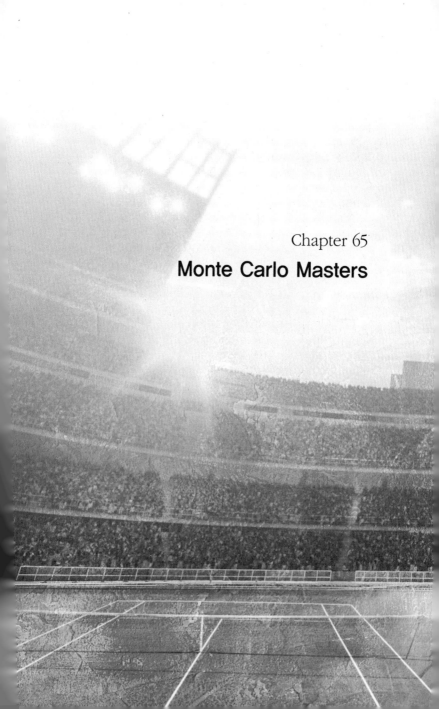

Chapter 65

Monte Carlo Masters

아침에 일어나자마자 영석은 낭보 하나를 접할 수 있었다.

─캬하하하! 나를 찬양하라!

수화기에서 낭랑한 목소리가 들려온다.

고막을 괴롭힐 정도의 높은 목소리였지만, 영석은 뭐가 그리
도 좋은지 바보처럼 흐흐─ 웃음을 흘려댔다.

영석이 에스토릴 오픈에 참가한 동안 진희가 참가했던 사우스
캐롤라이나의 Family Circle Cup.

마이애미에 이어 다시금 WTA 별들의 잔치가 시작되었고, 진
희는 또다시 세레나를 물리치는 것에 성공했다.

그뿐인가.

결승에서 쥐스틴 에냉까지 한 번 더 꺾어내며 우승컵을 들어
올렸다고 한다. 그야말로 파죽지세(破竹之勢)의 질주.

호주 오픈에서 준우승에 그쳤을 뿐이지, 지금 진희는 아무도 막아낼 수 없는 폭주 기관차와 다름없었다.

거기다 한 미모까지 자랑하는 진희는 비단 한국뿐 아니라, 전 세계의 언론들이 달려들을 만한 '떠오르는 미녀 스타'가 되어가고 있다.

굳이 박정훈이 언론의 반응을 상기시켜 주지 않아도, 영석은 그런 진희의 위상을 알 수 있었다.

그리고 우승 소식을 듣고 나니, 오랜만에 마음 깊숙한 곳에서 우러나오는 미소를 지을 수 있었다.

"좋아좋아, 진희 넌 역시 무적이야."

―저번하고 똑같아. 이길 수 있는 방법 하나에 집중하다 보니 어느새 이겨 있는 거 있지? 당분간은 대(對)세레나에서 확실한 필승 패턴으로 자리 잡을지도 몰라. 오히려 에냉이 장난 아니었어. 숨도 못 쉬는 줄 알았네.

둘은 잠시간 그렇게 서로의 우승을 축하하는 시간을 가졌다.

연인이 잘하는 것이 곧, 자신의 기쁨이 된다는 행복한 논리가 영석의 뇌를 일시적으로나마 깨끗하게 닦아냈다.

엄살 가득한 목소리도 사랑스럽게 들렸다.

"아 참, 클레이는 좀 어때?"

혹시나 자신처럼 고생하고 있진 않는지, 염려가 된 영석이 진희에게 물었다.

―응? 그냥 똑같지 뭐.

그리고 그 염려는 그대로 기우(杞憂)가 됐다.

"그래? 그거야말로 제일 듣기 좋은 소식이네!"

—…왜. 클레이에서 잘 안 돼?

영석의 질문 하나로, 진희는 많은 것을 파악했고, 곧 자신의 반쪽이 품고 있는 고민거리를 정확히 짚어내기에 이르렀다.

"…조금? 나랑 좀 안 맞는 거 같기도 하고."

—…넌 잘할 거야. 훌륭한 신체 조건, 번뜩이는 감각, 넘치는 재능… 이런 게 네 장점이 아니야. 영석이 네 장점은 언제나 방법을 찾는다는 거지.

진희의 진심 어린 격려에 영석은 눈시울이 아릿해지는 것을 느꼈다.

"…고마… 워."

띄엄띄엄 말을 뱉으며 진한 감사함을 조심스럽게 표현해 내는 것이, 지금의 영석이 보일 수 있는 최대의 반응이었다.

*   *   *

4월 14일부터 20일까지의, 1주일 동안 펼쳐지는 마스터스의 일정이 시작되었다.

영석은 이번에도 에스토릴 때와 같은 1번 시드.

톱 시드였다.

"너 지금 몇 위냐?"

마스터스 시리즈에서도 영석이 톱 시드를 따내자 이재림이 멍하니 물어봤다.

ATP250이라 할지라도, 시드를 얻는 것 자체가 대단한 선수임을 뜻하는 지표가 된다.

그런데 무려 톱 시드라니.

그것도 랭킹 포인트 1,000이 걸린 이 큰 대회에서!

이재림의 놀람은 지극히 합리적이었다.

"…글쎄."

랭킹 포인트가 꽤 쌓였겠다는 단편적인 인식은 있었지만, 클레이라는 환경에 적응하는 것이 더 중요했던 영석은 자신의 랭킹을 그저 한 손가락에 들 거라는 단순한 생각만 했었다.

어차피 중요한 건 메이저 대회의 우승뿐. 랭킹은 그 과정에서 생기는 부산물에 불과하다는 가치관이 있었다.

과거 10여 년을 절대자의 위치에 있었던 감각으로 말미암은 가치관이다.

'극단적으로 말하면, 메이저 대회 우승을 못 하고도 세계 랭킹은 1위를 찍을 수 있는데……'

영석이 고개를 갸웃하며 고민에 들어가자 좌중은 미궁으로 빠져들어 갔다.

"현재, 세계 랭킹 2위입니다."

"……"

"……"

대답은 강춘수가 대신했고, 좌중은 싸늘하게 얼어붙었다.

"어, 그렇군요. 한 3, 4위일 줄 알았는데."

영석만이 별것 아니라는 표정으로 무덤덤하게 말을 내뱉었다.

"……"

설명을 요구하는 이재림의 표정을 봤는지, 강춘수가 술술 대답해 줬다.

"오클랜드 250, 호주 2,000, 두바이 500, 마이애미 1,000 에스트릴 250… 바로 어제 우승했던 대회이니 에스토릴은 제외한다고 쳐도, 벌써 3,750점입니다. 작년에는 ATP250 세 개, 챌린저 두 개, 퓨처스 한 개에서 우승했는데, 이 중 유효한 랭킹 포인트는 470포인트입니다."

"4… 4,000 포인트를 넘었구나."

이형택이 말을 더듬으며 영석의 랭킹 포인트를 짚었다.

"현재, 휴이트가 세계 랭킹 1위이고, 그다음이 영석 선수입니다."

"…그래. 네놈은 호주 오픈 우승자지."

이재림은 현실을 제대로 파악해 냈다.

아웅다웅하면서 지내는 영석.

둘 다 사교성 없는 성격임에도 이상하게 살갑게 느껴지는 가까운 친구.

클레이에서는 이길 것도 같았던, 마음속에서는 '목표'로 품고 있는 라이벌.

…하지만 영석은 어느새 세계 랭킹 2위가 됐다.

격차는 벌어지다 못해 차원이 다르게 되었다.

"…시합 상대나 보자."

바라보는 목적지가 다름으로써 생기는 괴리감을 구겨 던진 영석이 당장 닥친 현실을 지적했다.

"……."

이형택과 이재림은 이번에도 여느 대회에서와 마찬가지로 시드를 얻지는 못했다.

"으아… 64강이야 64강. 많기도 하다."

대진표를 책상에 펼쳐둔 채, 영석과 이재림, 그리고 이형택은 가만히 선수들의 면면을 살펴보고 있었다. 이재림이 과장되게 분위기를 띄운다.

"스페인 군단."

"웅? 어디 봐. 하나, 둘……."

영석이 나직하게 읊조리자, 이재림이 숫자를 세어보기 시작했다.

"…열, 열하나, 열둘… 열셋! 으어억……."

64명의 본선 진출자 중에 스페인 국적의 선수가 무려 13명에 이르렀다. 약 20%가량의 지분을 차지하고 있는 셈이다.

'역시 클레이의 왕국다워……. 스페인 선수는 흙을 지배하고, 흙을 기반으로 하여 세계 랭킹을 올리는 경향이 있……!!!'

그리고 영석은, 퍼뜩 놀라 한차례 경기를 일으켰다.

마치 뇌에 고압 전류가 직통으로 흐른 듯, 눈앞이 새하얘지고 정신이 혼미하기까지 했다.

⟨Rafael Nadal⟩

대진표 저 밑에 처박혀 있는 이름 하나가 주는 충격이었다.

"아, 이거 우승한다 해도 너무 힘들겠어요."

"김칫국부터 마시지 마. 1회전 돌파부터 생각해야지."

그렇게 멍하니 있는 영석을 가만히 두고 이재림과 이형택이 두런두런 말을 나누었다.

　　　　*　　　　　*　　　　　*

"살아남을까, 떨어질까."

시합을 하러 가는 와중에도 영석의 뇌리는 나달의 이름으로 가득 찼다.

본인을 걱정하기보다, '나달과의 승부가 가능할지'에 대한 염려가 더욱 클 정도.

정신적인 피로감은 물론, 육체적으로도 한차례 세척이 된 상태로 여겨졌다.

'그래, 페더러도 만났는데, 나달을 안 만날 리가 없지. 나랑 나이도 얼추 비슷할 텐데……. 그러고 보면 조코비치도 곧…….'

영석이 손가락을 꼽아본다.

'내가 2001년에 전향했으니까, 나달은… 아마 2002년? 2003년? 일 거야. 조코비치도 비슷할 거고.'

그렇다면 아직 풋내기의 모습을 보이고 있을 가능성이 컸다.

마치 페더러가 그러했듯 말이다.

"그리고……."

'또다시 나와 너희는 급속도로 성장을 하겠지'라는 말을 삼킨 영석이 묵묵히 1회전 상대가 기다리고 있을 코트로 발을 옮겼다.

　6 : 2, 6 : 1.

Wayne Arthurs라는 호주 선수를 만난 영석의 1회전 스코어였다.

강춘수의 사전 설명에 따르자면, 2001년에 세계 랭킹 44위를 찍었던 평범한(?) 선수다.

오히려 복식에서는 2003년 세계 랭킹 11위를 달성하며 강한 면모를 보인 선수.

"……."

정확히 어떤 얼굴이었는지, 어떤 플레이를 했는지 기억이 나지 않을 정도로 시합은 영석의 뇌리에 남지 않았다.

—집중하여 빨리 이기고, 2회전에 오른다.

라는 절대적인 명제를 지키기 위해 온 힘을 쏟았기 때문이다.

나달이라는 이름을 발견한 이후로, 자질구레한 고민은 사치가 되었다.

승리에 만족스럽거나 만족스럽지 않다는 수식어를 붙일 필요 조차 못 느꼈다.

그것이, 1회전을 가볍게 이기는 데에 큰 공헌을 했다.

'그저 이긴다.'

크리스마스이브에 선물을 기다리는 아이처럼, 영석은 두근거리는 가슴을 품고 2회전을 준비했다.

*   *   *

1회전 결과가 속속들이 나왔다.

이형택은 실력과 랭킹이 난형난제(難兄難弟)에 해당하는 David Sanchez를 만났다.

6 : 1, 6 : 3.

선배로서 가장 먼저 탈락했던 에스토릴에서의 수모 때문일까.

그는 시종일관 무서운 기세로 상대를 몰아세우고 실로 압도적인 스코어로 당당하게 승리했다.

"크하하하!!"

이재림은 이형택보다도 더 대단한 업적(?)을 이뤘다.

Mikhail Youzhny.

올해 초 영석도 한 번 상대했던 선수인, 유즈니를 만나 승리를 챙긴 것이다.

라켓으로 자신의 머리를 내려쳐 피까지 본 다혈질적인 이 선수가 어떤 기량을 갖고 있는지, 어떤 잠재력을 품고 있는지 잘 알고 있는 영석은 이재림의 승리에 엄청난 치하를 퍼부었다.

"넌 클레이에서만큼은 정말 대단한 선수가 될 거야."

어깨를 덩실거리며 승리를 자축하던 이재림은 영석의 말에 순식간에 얼어붙었다.

친구라지만, 엄격한 잣대를 갖고 있는 영석에게 이렇듯, 감격스러운 칭찬을 들은 적이 있던가.

이재림은 한참 동안 말을 잇지 못했다. 그리고 간신히 숨을 내뱉고는 수줍게 답했다.

"고, 고마워……."

화기애애한 분위기.

순풍이 불어오는 듯한 기분이 느껴졌다.

1회전이 모두 끝이 났다.

그리고 2회전, 즉 32강이 결정됐고, 일행은 다시 우르르 모여 대진표를 보고 있었다.

"……."

"……."

각자의 눈동자가 빠르게 구석구석을 누빈다.

자신의 이름을 찾아내고, 상대의 이름을 확인한다.

그러고는 그 선수에 대한 정보의 유무를 판단한다.

마지막으로는, 자신의 다음 경기 전개를 설계하기 시작한다.

"흠……."

시드라는 시스템은 일견 불합리하게 판단될 수 있는 여지가 있다.

높은 시드를 부여받은 선수는, 상대적으로 상대하기 용이한 선수들을 만날 확률이 높기 때문이다.

쉽게 말해, 본선 진출자 중 시드를 부여받지 못한 선수를 높은 확률로 만나게 된다는 것이다.

영석이 나달과의 대전을 꿈꾸는 것도 이러한 논리에 기인한다.

당연하게도, 신출내기에 속하는 나달은 이번 대회에서 시드를 받지 못했다.

'…쳇.'

1회전 때는 미처 하지 않았던, '가상의 대진표'를 한차례 떠올린 영석이 속으로 혀를 찼다.

—2회전에서 내가 이기고, 그가 이기면… 그러면 도대체 언제쯤 만날까?

라는 작업을 하는 것인데, 나달을 만나기 위해서는 둘 다 4회전, 즉 쿼터파이널(QF)까지 진출해야 한다는 전제가 필요하다.

〈Felix Mantilla Botella〉

일단 필요한 전제 조건을 인식하자, 영석은 2회전 상대의 이름에 집중했다.

'꽤… 오래된 이름인 것 같은데……'

선수에 대한 정보 수집 능력이 타의 추종을 불허하는 강춘수 덕분에 상대에 관한 정보는 그 자리에서 손쉽게 찾아볼 수 있었다.

〈1974년생, 1993년 프로 전향, 스페인.〉

나이에 관한 정보를 빠르게 캐치한 영석이 고개를 끄덕였다.

'애거시와 비슷한 연배… 1998년 최고 세계 랭킹 10위. 코트별 성적은… 스페인 선수치고는 의외로 다 비슷했군.'

영상이라도 구할 수 있으면 좋으련만, 그것까지는 기대하기 힘들었고, 영석은 들뜸과 차분함이 공존하는 상태에서 전략을 수립하기 시작했다.

*　　　　　*　　　　　*

Felix Mantilla Botella.

상대의 얼굴을 봤음에도 정확히 어떤 선수인지 기억에 '거의' 없었다.

'전성기가 아예 서로 빗나간 경우겠군.'

그리고 보면, 강춘수가 조사한 이 선수에 대한 자료에서 메이저 대회의 소위 '괜찮은' 기록들은 전부 90년대 후반이었다.

딱 한 번 98년 프랑스 오픈에서 세미파이널(SF)까지 진출했던 것이 그의 가장 훌륭한 메이저 성적이었다.

세미파이널.

우승도 아니고 단지 4강일 뿐이다.

하지만 관점을 바꾸면, 가장 큰 대회에서 4강 안에 든 경력 또한 대단하다.

실제로, 별별 기록들을 다 수집하는 테니스계에서는 메이저 대회의 우승뿐 아니라, 4강, 심지어 8강(QF)까지도 커리어에 넣는 경우가 있다.

두근, 두근.

불현듯, 얼마 전에 펼쳤던 애거시와의 접전이 떠오르고, 무의식중에 노익장(老益壯)을 기대하게 되었다. 왜인지 모르게, 과거의 선수는 굉장히 강하게 느껴졌다.

동시대를 함께하지 못한 데서 기인한, 과대평가일 수 있다.

미지의 영역이니 말이다.

살포시 자리 잡은 기대감을 인지한 영석은 피식 웃음 지었다.

'내 머리랑 내 몸은 상관이 없구나.'

나달이라는 별과의 만남을 앞두고도 눈앞에 닥친 시합 자체에 기대를 품는 스스로가 조금 웃겼다.

쾅!

제법 빠른 서브에 대응하여 몸을 놀리는 영석의 기세가 심상 찮았다.

자신도 모르게 익숙해진 발놀림은 하드 코트에서의 움직임 과 별반 다르지 않았고, 침착함이 엿보이는 눈동자는 끊임없이 주판을 두드리고 있음을 시사했다.

쾅!

쉬익— 쿵.

하지만 공의 위력이 죽어버리는 현상만큼은 어찌할 도리가 없 었다.

'그것까지도 계산에 넣자. 내 능력을 조금 하향한 상태로 풀어 나가면 돼. 이제 하드 코트와의 차이는 익숙해. 그 간극을 줄일 만큼 줄이기도 했다.'

클레이에서의 다소 아쉬운 상황을 하도 겪다 보니 진저리가 나게 돼서 이제는 어느 정도 마음을 놓게 됐다.

일종의 포기를 한 셈인데, 그러다 보니 침착함이 살아나고, 도 전 의식이 활기를 찾기 시작했다.

그래서일까.

영석의 의지가 담뿍 담긴 공은 지금까지 클레이에서 보였던 스트로크들과는 달리, 썩 안정적인 모습을 보였다.

쾅!!

보텔라가 사정없이 공을 후드려 깐다.

휙— 넘어온 공이 큰 포물선을 그리며 오픈 스페이스를 향한다.

—달려가서 러닝 백핸드.

순간적으로 불쑥 치솟는 혈기(血氣)를 가벼운 한숨으로 털어낸 영석은 침착하게 다가가 양팔을 휘둘렀다.

지금의 목표는 15~20구 내로 끝을 내는 것.

그러기 위한 설계는 이미 되어 있다.

'10의 능력은 잊자. 8이 지금 보일 수 있는 최선이다.'

"……"

노장 선수에 대한 묘한 기대감이 박살 나는 데는 불과 30분도 채 소요되지 않았다.

얼마나 뛰어다녔는지, Felix Mantilla Botella가 밟고 있는 베이스라인 근처의 흙이 사방으로 흩어져 베이스라인 전후로 약 1미터씩은 주변과 색이 달랐다.

영석의 치밀한 설계 탓일까.

코트 양끝을 수도 없이 왕복한 결과다.

"훅, 훅……"

순식간에 체력이 소진된 듯, 창백한 얼굴에 돌가루 같은 식은 땀을 줄줄 쏟아내는 상대와 달리, 영석의 안색은 평온했다.

'이미 넘어가 버린 태양이었군.'

초반의 기세는 어느샌가 사라져 버렸다.

30분이 넘은 지금은, 미묘하게 많은 것들이 하락한 상태.

맥없는 스윙, 느려진 다리만으로도 영석의 경계심은 상당 부분 누그러질 수밖에 없었다.

그리고 Felix Mantilla Botella는 부족한 감각을 대신해서 노련한 경기 운영을 펼쳐 보이려 했지만… 그런 설계 능력은 감히 영석에 비할 바가 아니었다.

그의 현재 능력은, 다소 손색이 있는 지금의 영석으로서도 쉬이 이겨낼 수 있는 수준이었다.

'아쉽군.'

지금은 옛 감각을 끌어올릴 수 있는 계기가 없을 뿐, 10위까지 했던 이 선수의 능력을 의심할 필요까지는 없었다.

그렇다고 해서 실망할 필요도 없다.

상대가 기대에 못 미친다면, 스스로가 설정한 미션에 도전을 하면 된다.

'빨리 끝내자.'

툭툭―

영석은 클레이 시즌에 접어들며 새로 생긴 버릇이 있다.

시도 때도 없이 발을 툭툭 쳐서 모래를 떨어뜨리는 행위.

후두둑―

여지없이 고운 입자들이 코트로 쏟아졌다.

*　　　　*　　　　*

이영석, 이형택, 이재림.

공교롭게도 한국을 빛내고 있는 남자 테니스 선수 셋 모두 이(李)씨였다.

한국에서는 이 세 선수를 '3이(李)'라 부르며 기대감을 갖고 지켜보고 있었다.

지금으로서는 영석의 지명도가 가장 높았고, 그다음으로는 이형택이, 마지막으로 이재림은 '유망주'라는 인식이 강하게 박혀 있었다.

그리고 이 셋의 몬테카를로 마스터스 2회전이 끝이 났다.

6 : 2, 6 : 2.

우선, 영석은 Felix Mantilla Botella를 만나 다소 시간을 끌긴 했지만, 스코어상으로는 완벽한 압도를 보이며 자신의 이름값을 톡톡히 했다.

클레이 시즌에 접어들면서, 이 위대한 선수는 예민한 테니스 전문가들의 칼같은 눈초리를 벗어나지 못해, '클레이에서는 다소 답답하다'는 평을 듣고 있었다.

하지만 이번 경기를 통해, '경기를 거듭할수록 많은 변화를 이끌어내며, 쉴 새 없이 진화해 나가고 있다'는 평가를 듣기도 했다.

누가 뭐래도 영석은 현재 휴이트에 이어 '10대에 세계 랭킹 1위를 노릴 수 있는 천재'로 추앙받고 있다. 번듯하게 휴이트의 바로 뒤를 바짝 쫓으며 2위 자리를 지키고 있고 말이다.

영석을 수식할 때는, 더 이상 '아시아'를 운운할 수 없게 됐다.

이름 자체가 배경을 뛰어넘고 있는, '대선수'로 취급받고 있는 것이다.

이형택은 에스토릴에 이어 이번에도 다소 아쉬운 성적을 내는 것에 그쳤다.

영석이 두바이 오픈 3회전에서 만났었던, 재능으로 뭉쳐 있는 느낌을 준 셍 샬켄(Sjeng Schalken).

190을 훌쩍 넘는 키에, 그라운드 스트로크 능력까지 출중했던 이 선수는 이형택의 2회전 상대였다.

5 : 7, 2 : 6.

그리고 이형택은 이 대형 선수를 만나 접전 끝에 1세트를 내주고, 2세트는 다소 맥없이 일방적으로 밀리면서 경기를 내주고야 말았다.

"…부끄럽구나."

고개를 푹 숙이고 괴로워하는 이형택의 모습을 앞에 두고, 영석과 이재림은 말을 잇지 못했다. 담담한 뒷모습을 후배들의 마음에 남기고 떠났던 에스토릴 오픈 때와는 사뭇 다른 모습에 영석과 재림은 어쩔 줄을 몰라 했다.

"……."

"…형……."

나오는 것이라고는 침묵과 아쉬움 가득한 부름뿐.

"…너희에게 면목이 없지만, 특히 재림이에겐 더 그러네."

Arnaud Clement.

2001년 세계 랭킹 10위에 빛나는 프랑스의 특출한 선수.

이 선수를 2회전에 만난 이재림은, 깔끔한 경기 능력을 보이며 6 : 4, 6 : 4라는 승리를 일궈내는 것에 성공했다.

특유의 공방일체(攻防一體) 스타일이 점점 훌륭한 수준으로 도달하고 있다는, 굉장한 평가와 함께 말이다.

그 모습이 너무나 대견스러운 한편, 프로에 가장 먼저 뛰어든 이형택은 자괴감에 빠질 수밖에 없었다.

영석은 지금 이 순간 논외의 대상이다.

'이 녀석은, 소위 '100년에 한 번 태어날까 말까 하는' 보배지.'

같은 테니스 선수로서 투쟁심이 생기기보다 동경하는 마음이 더욱 크다.

문제는 이재림.

애정도 많이 가고, 어렸을 때부터 전형적인 '한국의 시스템'에 맞춰 성장한 선수라, 얼굴을 마주할 때가 많았다. 조금 가소롭게 생각될 수도 있지만, '잘 이끌어야지'라는 다짐도 수도 없이 했다.

"…후."

그러나 지금은 명백히 선배 노릇을 하는 것에 계속해서 실패하고 있는 상황.

탈락했다는 아픔도 크지만, 본(本)을 보이지 못하고 있는 괴로움이 더 컸다.

덧붙여, 이길 수 있었던 선수에게 지고 말았다는 짜증 등도 그를 괴롭히고 있었다.

"이게 끝이 아니잖습니까. 남은 투어 일정도 빡빡한데, 얼른 추스르고 다음 대회에서 좋은 모습 보여주세요."

세 선수의 바깥을 맴돌고 있던 박정훈이 불쑥 끼어들었다.

그로서는, 이형택의 패배보다 유망주 두 명의 기분이 더 중요했던 것이다. 실로 냉정하지만 테니스는 단체 경기가 아니다. 괜히 우울한 분위기를 영석과 이재림에게 물들일 필요는 없다.

"……"

그런 박정훈의 의도를 제대로 알아들은 건지, 이형택이 고개를 한차례 끄덕이고는 챙겨놓은 짐을 들고 자리에서 일어나며 영석과 이재림을 격려했다.

"힘내."

허무하리만치 짧은 응원은, 이번에도 영석과 이재림의 마음에

긴 여운을 남겼다.

　3회전.

　달리 말해 16강전이 끝이 났다.

　QF, SF, F… 'Final'이라는 단어가 수식되는 대전 바로 앞.

　영석은 익숙하다지만, 이재림으로서는 실로 오랜만에 맛보는… 아니, ATP250 이상의 대회에서는 처음 경험하게 되는 순간이었다.

　"그렇게 좋냐?"

　영석의 핀잔 아닌 핀잔에, 이재림은 웃는 얼굴로 자애롭게 대답했다.

　"너의 까칠함 또한 용서하겠노라."

　방정을 떨어대는 이재림이었지만, 전혀 밉게 보이지 않았다.

　오히려 대견했다.

　"……."

　그렇게 생각하는 것은 영석뿐만은 아닌지, 두 선수를 둘러싼 사람들 모두 따뜻한 시선으로 이재림을 바라봤다.

　'다행이야. 혼자 남지 않아서.'

　클레이 시즌에 들어서서 마음이 많이 약해진 것일까.

　기계처럼 승리를 쌓아오고, 당연하다는 듯 우승을 쟁취했던 영석은 이 대회에 혼자 남지 않았다는 것에 조금의 따뜻함을 느끼고 있었다.

　그리고 3회전에 대한 단상(斷想)들을 떠올렸다.

*　　　　*　　　　*

이형택의 우울함, 그리고 그로 인한 박정훈의 염려와 달리, 영석과 이재림의 머릿속은 다음 상대로 가득 차 있었다.

'흠. 재림이의 다음 상대는… 괜찮겠지.'

Ivan Ljubicic.

영석의 머릿속에서 정보의 샘이 파동을 일으키며 꿀렁거리기 시작했다.

'아마, 세계 랭킹은 꽤 높았을 거야. 그런데도 기억이 안 난다는 건……'

메이저 대회를 단 한 번이라도 우승했다면, 영석의 기억에서 벗어날 수 없었다.

하지만 이미지가 선명하게 떠오르지 않는 걸 보니, '엄청난 선수'까지는 아닐 거라는 판단이 들었다.

세계 랭킹은 물론 중요한 지표지만, 테니스에서만큼은 '메이저 우승 경력'이라는 절대적인 지표가 있으므로, 우선순위에서 밀리기 때문이다.

결정적으로, 클레이에서의 이재림은 어떤 일을 벌일지 상상이 되지 않을 정도로 급격하게 기량이 진일보하고 있었다.

'아마 이형택 선배도 클레이에서는 재림이에게 필패(必敗).'

함부로 내뱉을 말은 아니었지만, 지금 보이고 있는 이재림은 그 정도의 고평가를 받을 만했다.

'그리고 나도……'

'위험할지도 몰라'라는 생각은 감히 잇지 않았다.

자신의 앞가림이 급하기 때문이다.

게스톤 가우디오(Gaston Gaudio).

영석은 자신의 3라운드를 준비하는 것에 꽤나 많은 공을 들였다.

지금까지의 선수들과 비교해서, 이번 상대는 공을 골백번이고 들여도 충분하기 때문이다.

게스톤 가우디오는 이번 몬테카를로 마스터스에서 14번 시드로, 톱 시드인 영석과는 꽤나 많은 격차가 있지만, 영석은 긴장으로 가득 찰 수밖에 없었다.

'2004년 프랑스 오픈 우승자.'

아르헨티나 출신의 이 강자는, 무려 메이저 대회에서 우승을 하게 '될' 선수다.

다른 코트에서는 그리 두각을 나타내지 못했지만, 클레이에서만큼은 다르다.

그게 어떤 경로를 통하게 됐든, 무슨 배경이 있든 간에 메이저 대회에 단 한 번이라도 우승을 한 선수라면, 위대하다.

딱 한 번 우승한 것뿐이지만, 이렇게 영석이 실제로 기억하고 있으니 말이다.

'…널 만나기 위해서는 이번 3라운드도 이겨내야겠지……'

나달을 떠올리며 생각을 하는 영석의 눈은, 광기 어린 투쟁심으로 번들거리고 있었다.

*　　　*　　　*

'확실히 이쯤 되면… 특장점이랄 게 없지.'

가우디오와의 3회전은 긴장감이 가득했다.

영석으로서는 만만치 않은 클레이 스페셜리스트를 맞이한 상황이 긴장이 된 것이고, 가우디오는 2003년 최고의 주가를 올리고 있는 루키를 만나 긴장한 것이다.

"……."

질식할 것 같은 분위기가 차갑게 내려앉아, 등허리를 주룩주룩 흐르는 더운 땀조차 소름을 돋게 만들었다.

'약점이 없어.'

한 손, 혹은 양손에 꼽히는 선수들의 특징은 대개 두 가지로 나뉜다.

첫 번째 유형은 약점이 없이 모든 부분에서 우수한 기량을 보인다.

흔히 이런 선수들은 '완성도'가 높다고들 하는데, 실제로도 이런 유형의 선수는 꾸준하게 승리를 챙겨 나갈 수 있다.

두 번째 유형은 강점과 약점이 명확한 선수다.

보다 정확하게 말하자면, '강점이 약점을 덮을 수 있는' 선수가 높은 랭킹을 차지할 수 있다.

영석이 만났던 '페르난도 곤잘레스'나, US 오픈 주니어에서 만났던 '리샤르 가스케' 같은 선수들이 이에 해당한다.

이런 유형의 선수들은 꾸준히 승리를 쌓아가긴 힘들지만, 어떨 때는 놀라울 정도의 퍼포먼스를 구사하며 단숨에 우승까지 올라가는 경우가 많다.

차근차근이냐, 갑작스러운 상승이냐의 구분이 있을 수 있지만, 이 두 부류의 랭킹이 높을 수밖에 없다는 것은 명백하다.

번외로 세 번째 유형의 선수들을 말하자면, 이들은 '약점이 없음과 동시에 남들보다 잘하는 부분을 최소한 두 가지 정도 갖고 있는' 선수들이다.

이들은 역사에 이름을 새길 만한 선수로 꼽힌다.

대표적으로는 애거시가 있다.

'가우디오는 첫 번째 유형.'

서브, 그라운드 스트로크, 발리, 드롭… 모든 부분에서 일정 수준 이상의 기량을 보유하고 있다.

쾅!

쾅~!

이미 초반에 서로의 기량을 파악한 상태.

어설픈 드롭이나 잔기술로는 빠른 발로 인해 역공을 당한다.

자연스럽게 경기는 랠리전의 양상을 띠고 있었다.

쿵!

흙 알맹이들이 사방으로 비산하며 공이 훅— 눈앞으로 튀어 오른다.

"홉!"

쾅!!

지금 상황에서 노릴 곳은 가우디오의 왼쪽, 즉 백핸드 부분이었다.

원 핸드 백핸드라 높게 오는 공의 절반 정도는 슬라이스로 반응하기 때문에, 영석으로서는 틈을 만들어 비집고 들어가게 만드는 단초를 얻을 수 있었다.

툭!

애드 코트로 쏘아진 공에 대한 가우디오의 반응은, 영석의 예상대로 슬라이스.

좌악—

사선을 그리며 낮게 깔린 공을 향해 애드 코트 방향으로 뛴 영석이 선택한 것은, 다시 한 번 가우디오의 백핸드를 노리는 샷.

펑!

손목이 얼얼할 정도로 엄청난 스핀을 준 영석은 침착한 눈으로 가우디오의 몸을 분석하기 시작했다.

공에 대응하는 첫 스텝을 통해서 가우디오가 보일 수 있는 선택의 가짓수를 가늠하고, 움찔— 잔경련을 일으키는 어깨와 그립을 파지하고 있는 손을 통해서 영석은 하나의 결론을 내렸다.

'드라이브. 스트레이트. 패싱.'

그것을 의식하고 몸을 움찔거리자, 몸을 놀리며 공에 다가간 가우디오 또한 영석의 움직임에 반응하여 몸을 움찔한다.

자신의 노림수를 영석이 파악하고 있다는 것을 캐치한 것이다.

'크로스로 바꿀 건가, 말 것인가.'

발리를 준비하는 영석의 눈이 차갑게 내려앉는다.

공이 최적의 타점으로 가기까지는 불과 1초 남짓.

그사이에 치열한 수 싸움이 시작된다.

쾅!!

가우디오의 눈이 새파랗게 빛났다는 느낌이 든 것도 잠시, 통렬한 타구음이 터지며 공은 한없이 일그러지며 쏘아졌다.

쉬익—

'크로스.'

촤악—

정확한 타점에서 가우디오가 쥐고 있는 라켓의 기울기를 예리하게 캐치한 영석이 다리를 길게 찢으며 왼팔을 옆으로 쭉 뻗어 공을 받아냈다.

퉁—

라켓에 공이 닿자마자, 가우디오가 폭발적인 스피드로 달려왔다.

그리고······.

황홀한 포인트가 시작되었다.

촤악!

부드럽고 탄력적인 흙바닥에선, 내딛는 스텝 하나하나가 모두 거침이 없다.

마음껏 무게를 싣고, 아이스링크에서처럼 몸의 미끄러짐을 만끽한다.

그럼에도 부상의 여지가 적으니, 과연 클레이 코트가 성세를 이루고 있는 데는 명확한 이유가 있는 것이다.

"푸우우······."

영석이 갖다 댄 발리로 인해, 공은 네트 앞 50㎝ 부근에 툭 하고 떨어졌다.

양 볼에 공기를 머금고, 숨 한 번 내쉬지 않은 상태로 접근해 온 가우디오가 길고 긴 숨을 뱉으며 몸을 숙여 공을 여유롭게 걷어냈다.

퉁!

코스는 크로스.

그냥 갖다 댄 것이 아닌, 절묘한 손목의 컨트롤로 인해 영석의 팔에 걸리지 않는 깊이로 찔러온다.

"습!"

짧게 공기를 끌어 담은 영석이 공을 향해 감각적으로 몸을 놀린다.

"……."

"……."

0.2~0.3초 남짓.

섬전처럼 얽힌 두 선수의 시선에서 깊이를 가늠할 수 없는 계산이 잔잔한 파도처럼 넘실대고 있었다.

타, 탓!

미끄러질 필요도 없이, 깃털처럼 사뿐사뿐 사이드 스텝 두 번을 펼친 영석은 찰나지간에 경우의수를 나열하고 있었다. 그리고 도출한 것은… 로브.

펑!

가우디오가 네트에 근접해 있다는 것, 자신의 자세가 불안정한 것까지 모두 고려한 높이의 로브였다. 얼마나 칼 같았는지, 남는 것, 모자라는 것 하나 없었다.

휙!

한차례 점프해 본 가우디오가 아슬아슬하게 라켓을 벗어나는 공을 보고 인상을 찌푸린 후, 냅다 뒤로 달리기 시작했다.

타다다다다닷!!!

달려가는 가우디오에 비해 영석은 다소 여유로울 수도 있는 상태.

하지만 그는 긴장의 끈을 놓지 않았다.

클레이에서는, 스피드를 보충할 수 있는 수단이 많기 때문이다.

촤악!

베이스라인과 서비스라인의 중간에 떨어진 공.

공을 다 따라잡은 가우디오가 그대로 영석에게 등을 보인 상태로 공을 쫓아갔다.

가랑이를 움찔하는 것으로 보아 트위너 샷(Tweener Shot : 상대에게 등을 보인 상태에서 가랑이 사이로 공을 치는 것)이었다.

그리고… 가우디오의 선택은 영석을 놀라게 했다.

퉁!!

트위너 샷은 통상적으로, 보통의 그라운드 스트로크처럼 치는 것이 쉬웠으나, 가우디오는 로브를 시도한 것이다.

슉—

고개를 들어 높이 떠오른 공을 본 영석은 스매시를 단념하고 가우디오가 방금 그랬듯, 뒤를 향해 달리기 시작했다. 가우디오가 네트로 돌진하는 소리가 귓가에 아련히 들린다.

퉁!

가우디오의 로브 또한 일품이었다.

정확히 베이스라인 안쪽 20㎝ 부근에 공이 떨어졌다.

촤아악—

보통 영석은 로브로 지나가 버린 공을 트위너 샷으로 처리하는 것에 탁월함을 보였다.

하지만 이번에는 다른 선택을 했다.

꽝!!

뒤를 향하던 몸을 살짝 틀어 그대로 공을 후드려 깐 것.

그리고 영석은 몸을 정면으로 돌려 다시 뛰어 나갔다.

"……!!"

코스는 듀스 코트를 향하는 직선.

다소 예리한 맛은 떨어지지만, 강맹한 위력의 공은 가우디오를 놀라게 만들기엔 충분했다.

퉁!

한껏 팔을 뻗어 간신히 공에 라켓을 맞췄지만, 공은 붕— 떠서 네트를 넘어갔다.

'찬스.'

눈을 빛낸 영석이 기립근부터 힘을 끌어내기 시작했다.

좌악!

절도 있게 공 앞에서 멈추고는, 끌어낸 힘을 라켓에 실어, 있는 힘껏 공을 쳤다.

꽝!!

귀를 저릿하게 만드는 소리와 함께 쏘아진 공은 가우디오와는 멀찍이 떨어진 곳으로 향해 나아가고 있었다. 아니, 그럴 예정이었다.

'미친!'

순간적인 반응 속도가 가히 야생동물을 방불케 했다.

'못 받을 것 같지만, 팔이라도 뻗어보자'는 의도였음에도 말이다.

퉁!

공에 맞추는 것에 성공하는 소리와 함께, 달그락! 거리며 라켓이 땅에 떨어지는 소리도 났다.

훙!

높이 떠오른 공을 바라본 영석이 잠시도 지체하지 않고 몸을 띄웠다.

2미터에 가까운 신장에, 범접할 수 없는 점프력까지 더한 높이는… 실로 놀라웠다.

영석은 그 상태로 라켓을 아래로 꽂듯 스매시를 날렸다.

펑!!!

가우디오는 라켓을 떨군 시점에서 어떠한 반응도 보이지 못하고 그저 영석이 거대하게 날개를 펼치는 모습을 바라볼 뿐이었다.

*　　　　　*　　　　　*

"…선수!"

잠시 멍하니 가우디오와의 경기를 회상하고 있는 영석의 귓가로 강춘수의 목소리가 들려왔다.

"……."

여전히 초점이 잡히지 않은 눈을 한 영석이 멀뚱히 자신을 바라보자, 강춘수는 손으로 수화기의 모양을 만들고는, 한 문장을 천천히 말했다.

"진희 선수한테 전화 왔습니다."

"⋯⋯!!"

그 말에 지체 없이 핸드폰을 꺼내 귀에다 댄 영석이 천천히 밖을 향해 걸어갔다.

뒤에서는 여전히 신나서 노래를 흥얼거리고 있는 이재림의 방정이 대기를 행복으로 물들이고 있었다.

6 : 3, 4 : 6, 6 : 2.

가우디오와의 치열한 3차전 경기의 결과는 영석의 2 : 1승리였다.

영석은 그 경기에서, 옛날에 느꼈던 감각을 상기할 수 있었다.

―모자람이 명백한 약자가, 강자를 상대로 어떻게 이기는가.

상대를 조율하겠다는 것은 최소한 클레이 코트에서는 헛된 망상이었다.

좋은 습관은 잊기 쉽고, 나쁜 습관은 배우기 쉽다고 했는가.

가우디오라는 클레이 스페셜리스트를 만나, 영석은 마침내 그 나쁜 습관을 벗겨내는 것에 성공했다. 비록 한 세트를 내주긴 했지만, 영석으로서는 남는 장사였다.

이겼다는 사실 때문만은 아니다.

이김으로써 그토록 염원하던 선수와 시합을 할 수 있게 됐기 때문이다.

"마치 목욕재계(沐浴齋戒)를 한 것 같군⋯⋯."

쿼터파이널(QF).

마침내 내일이면 그를 만나게 된다.

라파엘 나달(Rafael Nadal).

페더러도 그렇지만, 나달의 이름도 영석에겐 크나큰 전율을 불러일으킨다.

페더러와의 경기로 마음의 어두운 부분을 희석시켰듯, 나달과의 경기 또한 영석의 인생에서 빠질 수 없는 이벤트이기 때문이다.

승패의 점지에 앞서, 그저 만남 자체가 좋다.

하지만 첫 시작을 자신의 승리로 장식하고 싶다는 욕심 또한 고요히 공존하고 있었다.

"앞으로는 지겹게 만나게 될 테니……."

부스럭—

영석은 누워서 몸을 뒤척였다.

괜히 두근거림에 몸부림치다 보면, 내일의 만남에서 기쁨이 희석될까 두렵다.

괜한 조바심에, 서둘러 이불을 끌어 목까지 덮는다.

*   *   *

"굿모닝~!!"

버터를 성대에 발랐는지, 이재림의 목소리는 상냥함으로 가득하다.

"……."

영석은 한껏 경멸을 담아 대꾸도 안 하고 식탁에 앉았다.

머쓱할 법도 하건만, 이재림은 꿋꿋하게 다른 일행에게도 상큼한(?) 아침 인사를 건넸다.

"어이쿠, 우리 재림 선수가 우승에 대한 욕심이 생겼나 보구면."

성격 좋은 박정훈이 대꾸를 해주자 이재림은 미소를 지우지 않고 실실거렸다.

"이번에야말로!!"

라는 말과 함께 말이다.

'그럴 만도 하지.'

영석은 따뜻하게 데운 우유로 입가심을 하면서 이재림의 상대를 떠올렸다.

Filippo Volandri.

이재림이 몬테카를로에서 지금까지 만났던 1, 2, 3라운드 상대보다 명확히 떨어지는 이름값.

준결승으로 가는 중요한 대목에서 다소 쉬운(?) 상대를 만난 것이다.

'대전 운도 필요하지.'

몇몇 국제적인 행사에서 펼쳐지는 단체전을 제외하면, 테니스 선수의 일생은 토너먼트로 압축할 수 있다.

대전 운이라는 것은 반드시 필요하다.

그런 의미에서 이재림의 설레발은 충분히 납득할 수 있었다.

하지만 영석은 동조하기보다 경각심을 일깨우는 쪽을 택했다.

"그래도 상대가 너보다 랭킹은 높아."

"……."

이재림이 움찔― 굳은 얼굴로 영석을 바라봤다.

"조심해. 마음이 앞서서 좋은 결과가 나오기는 힘들어."

"…응."

이재림은 풀썩 주저앉고는 깨작깨작 음식을 입에 넣기 시작했다.

"에헤이, 왜 기를 죽이고 그래! 자자, 재림아… 아니, 재림 선수! 힘내! 오늘도 필승이야!"

영석의 의도를 알고서, 박정훈이 당근을 제시했다.

이재림은 다시 기운을 차리고는 헤실거리는 웃음을 입에 머금었다.

"……"

영석은 그 모습을 보며 피식 웃음 지었다.

Chapter 66

The king of Clay

식사 후, 가볍게 몸을 푼 영석과 이재림은 각자의 짐을 어깨에 메고는, 코트를 향해 걸어가고 있었다.

"으아, 날씨 한번 죽이는구먼."

이재림이 기지개를 켜며 상쾌한 기분을 유감없이 내뿜었지만, 영석은 골똘히 생각에 잠겨 있었다.

그러나 이재림은 자신의 둘도 없는 친구가 꽤나 과묵한 걸 알고 있었기 때문에, 혼자서도 쉴 새 없이 떠들 수 있는 특기(?)를 습득한 상태다.

"오늘만 딱 이기면……!!"

그런데 이재림의 말에 영석이 반응을 보였다.

"이번에 너랑 나랑 둘 다 이기면, 4강에서 붙는구나."

"그렇지."

영석은 4강을 언급하고는 다시 생각에 빠졌다.

그러고는 도전적인 멘트를 던졌다.

"큰 무대에서 너랑 붙기는 오랜만이지?"

영석이 말하는 '큰 무대'가 US 오픈 주니어 결승임을 짐작했을까.

이재림은 금세 차분한 신색이 되었다. 생각하기도 싫은 6 : 0의 행진.

그러나 웅담을 핥는 기분이 들더라도, 복기해야 한다.

몸서리쳐지는 공포지만, 아이러니하게도 그것이 이재림의 선수 생활을 이끄는 원동력이다.

"챌린지에서 많이 따라잡았었지. 솔직히 널 이기는 건 상상이 안 되지만, 그래도 이번에는 다를 거야."

대번에 집중력을 끌어올리는 모습에서 치열한 승부욕이 엿보인다.

내심 자신의 의도가 먹힌 것에 만족한 영석이 고개를 끄덕이며 한마디를 남겼다.

"이기자."

"그래."

*   *   *

면적이 넓은 천을 이마에 대고 꽉 묶고 있었다.

찰랑거리는 흑갈색 머리칼이 땀에 젖어 뭉쳐 있는 상황.

눈이 작게 보일 정도로 광대 주변에 젖살이 꽉꽉 들어차 있다.

온몸으로 '나 어리다!'라고 외치는 것 같은 모습의 나달은, 영석에겐 퍽 생경한 모습이었다.

'딱 달라붙는 옷도 아니고 말이야.'

땀으로 범벅이 돼, 근육의 결까지 번들거릴 정도로 매끈한 근육질의 몸을 여봐란듯이 내놓고 경기를 펼치는 모습에 익숙해 있는 영석은 '흙신 나달'과 지금 자신의 앞에 있는 '어린 나달'사이의 갭에 신선한 느낌을 받고 있었다.

몇 번이나 겪은 일이지만, 유명 선수의 어린 시절을 대면하는 것은 늘 재밌는 충격을 준다.

"……."

이 어린 선수는 영석과 불과 한 살 차이밖에 나지 않았지만, 자신의 생애 첫 마스터스 8강행에 무척이나 고무되어 있다는 것이 확연히 느껴졌다.

명백히 자신의 몸에는 큰 반팔 티셔츠를 입고 있는 모습을 보니 더 앳된 티가 났다.

'가만 보자. 내가 한국 나이로 열아홉이니까……'

조용히 나달의 나이를 가늠하던 영석은 고개를 가로저었다.

'개월 수로 따져야지.'

다른 스포츠가 그러하듯, 테니스는 유독 선수들의 나이에 민감하다.

별다른 이유가 있는 것이 아닌, 오로지 '기록' 때문이다.

―역대 최연소 우승자

―역대 최연소 본선 진출자

―역대 최연소…….

'역대 최연소'라는 수식어가 붙은 기록은, 헤아릴 수 없이 많다.

'16세 하고도 5~10개월 정도. 그럼 16세라고 보면 되네.'

마침내 나달의 나이를 정확히 짚은 영석은 자신과 그의 나이가 '년으로는' 두 살 차이임을 상기했다.

'재림이는 아직 생일이 안 지났으니 열일곱. 루키들의 잔치구나.'

마스터스 시리즈 8강에 든 선수들 중 무려 세 명이 10대 후반의 소년들이라는 점은, 놀랄 만한 일이다.

테니스계의 복이기도 하고 말이다.

부우—

신호와 함께 연습을 알리는 신호가 들려왔다.

각자 충분히 몸을 푼 상태여서 살짝 몸이 달궈져 있는 상태.

막상 마주하자, 신기하게도 두근거림이 가라앉고 투쟁심이 스멀스멀 피어올랐다.

"보자."

영석은 그렇게 기꺼운 미소를 머금고 라켓을 강하게 움켜쥔 상태로 코트에 들어섰다.

＊　　　　＊　　　　＊

후에 시합을 통해서 정확히 계산을 해봐야겠지만, 연습을 통해 어느 정도 나달의 기량을 살필 수 있었다.

화면으로, 혹은 관중석에서만 지켜봤던 선수와 공을 나누고 있다는 것에 당황할 법도 하지만, 영석은 시종일관 냉철했다.

'아직 '진짜' 포핸드를 안 보여주고 있군. 그리고 발도 시합 때는 더 빠를 테고. 이 두 가지를 제외하면… 어설퍼. 그리고 조심해야 할 건, 둘 다 왼손잡이라는 것. 이건 경험과 센스의 차이로 우열을 가릴 수 있겠군.'

서브는 그야말로 평범한 수준을 못 벗어나고 있고, 연습이라 설렁설렁 보이고 있는 스윙도 그저 그랬다.

'그럼… 이 부족한 모든 것들을 뒤덮을 만한 운동 능력이 있다는 거지.'

영석은 한층 더 경계심을 끌어올렸다.

감탄을 자아내는 유려함이 없는 스윙 메커니즘으로, 세계를 휩쓰는 것은 거의 혁명에 가까운 일.

지금 이 순간, 전 세계 모든 사람 중 가장 나달을 높게 평가하고 있는 건 영석이었다.

"……."

마침내, 시합 시작을 알리는 신호가 들려왔다.

실제로는 햇볕에 잔뜩 그을러서 흑갈색의 톤이지만, 창백하게 질린 나달의 얼굴이 참으로 희게 느껴졌다.

1세트.

영석은 서브권을 가져오는 것에 성공했다.

'더할 나위 없군.'

조금 손색이 생기고 말았지만, 여전히 영석의 서브는 세계에서 한 손에 꼽히는 수준. 기선 제압을 하기엔 이만한 기회가 없었다.

볼키즈에게 공을 받아 든 영석이, 공을 토스하고 라켓을 휘두른다.

그리고 이어지는 심판의 목소리가 묘한 박자감을 이룬다.

쾅!!

"피프틴 러브."

콰앙!

"서티 러브."

쾅!!

"포티 러브."

단 세 개.

고작 2분 남짓 만에 영석은 첫 게임을 가져갈 수 있는 기회를 얻었다.

영석은 들뜨지 않고, 고요하고 냉정한 눈빛으로 파랗게 질린 나달의 몸을 낱낱이 분석하고 있었다.

'첫 게임은 이렇게 가는 건가?'

지금의 나달이 자신의 서브를 보기 좋게 리턴하는 모습을, 영석은 은근히 기대하고 있었다.

그리고 이어진 첫 세트, 첫 게임의 네 번째 서브.

쾅!!

펑!!

"……!!"

쉬익—

보기 좋게 맞아떨어진 기대감.

나달은 그새 타이밍에 익숙해졌는지, 영석의 무지막지한 서브에 라켓을 적절한 타이밍에 휘둘렀고, 공은 좋은 기세로 넘어왔다.

"훅."

영석은 당황하지 않고 듀스 코트를 향해 빠른 속도로 짓쳐 들었다.

머릿속에서는 두세 가지 전개를 그리며 말이다.

그러나 정작 리턴을 한 나달은 잠시간 얼떨떨한 기색을 보였다.

도저히 받아낼 수 없을 것 같은 서브에 성공적인 리턴을 날렸다는 사실이 신기한 모양.

'그럼 쓰나.'

차갑게 비틀린 입술.

영석은 일순간에 보인 나달의 아둔함을 놓치지 않았다.

꽈아앙!!!

양손이 일말의 자비도 없이 공을 터뜨릴 듯, 강맹하게 휘둘러졌고… 공은 나달의 발밑을 송곳처럼 찌르며 들어갔다.

"……!!"

그제야 정신을 차린 나달이 재빨리 왼팔을 휘두른다.

"끄으어!"

코트가 쩌렁쩌렁 울리는 신음과 함께 나달의 팔이 독특한 궤적을 그린다.

'나왔군.'

일순간에 영석의 의식이 집중력 그 너머의 세계로 진입했다.

평범한 사람들은 결코 이해하지 못할, 신비의 감각이 온몸을 휘돈다.

몸이 무거워지는 듯한 착각과 함께, 자신이 내뱉는 숨소리가 귓골에 강하게 공명한다.

'좋은 타이밍이야.'

자신이 몸을 움직이지 않는 상황에서 상대의 동작을 느릿하게 보는 것만큼 좋은 상황이 어디 있을까. 영석은 기회를 놓치지 않고, 모든 신경을 눈에 쏟아붓기 시작했다.

후우우우웅―

얼마나 거세게 휘두르고 있는지, 라켓이 공기를 헤집는 소리가 네트 너머서도 들리는 듯한 기분이 든다.

테이크 백 이후로 공에 라켓을 던지는 듯한 느낌까지는, 여느 프로와 비슷한 느낌이다.

그러나 공에 거의 다다라서는 큰 차이가 있다.

"세에사아앙에에⋯⋯."

영석이 무심코 입 밖으로 중얼거렸다.

남들보다 월등히 시력이 좋아 과장 좀 보태면 상대의 땀방울까지 볼 수 있는 영석에겐, 지금의 나달이 보이는 신체의 변화가 놀랍고 흥미로웠던 것이다.

우선, 팔의 변화가 도드라진다.

손목에 힘줄이 힘차게 솟는다.

손등에는 시퍼런 핏줄이 지렁이처럼 꿈틀거린다.

그리고 팔꿈치를 기준으로 위아래 모두 근육이 크게 부풀기 시작했다.

많은 선수가 그러지만, 나달의 신체는 더욱 우락부락하게 변했다.

꿈틀―

시합 전에는 헐렁했던 상의가, 순간적으로 꽉 맞게 변한다.

정면에서도 나달의 등을 확인할 수 있을 정도.

스으으으으퍼어엉!!

살짝 아래로 기울었던 라켓의 헤드가, 고개를 발딱 쳐들며 공을 훑음과 동시에 때린다.

후우우웅—

공을 떠나보낸 후에도 라켓은 계속해서 위로 솟아, 나달의 머리 위에서 한 바퀴 돌고서야 제자리로 돌아왔다.

쉬이이이이이이이!!

이 얼마나 대단한 톱스핀인가.

네트의 한참 위 상공을 노니는 공의 모습…….

회전하며 공기를 가르는 소리가 섬찟하면서도 날카롭게 울린다.

'아니, 저 정도로 스핀을 준단 말이야? 진짜?'

스핀을 주는 행위는 필연적으로 공의 위력을 반감시킨다.

'긁는 행위'와 '때리는 행위', 그리고 '미는 행위' 사이의 조율을 이루기란 참으로 지난한 일이기 때문이다.

흉내 내자면 못 할 것도 없지만, '모든 포핸드'를 이렇게 칠 수는 없는 노릇이다.

영석의 경우에는 때리고 미는 것에 집중을 하는 편이다.

이 두 가지에 치중해서 정점을 찍는 것만으로도, 영석은 '최고'라는 평가를 받는 그라운드 스트로크를 구사할 수 있었다.

하지만 지금 나달은 당황한 와중에도 이 세 가지의 조율을 기가 막히게 이루어냈다.

쿵!!!

바위가 내려앉은 듯 묵직하게 땅으로 돌진하는 공의 궤적 또한 신기했다.

네트 위 1미터 이상을 넘기는 법이 없는 영석과는 달리, 1.3에서 1.5미터 높이로 네트를 넘어온 공이 장대한 톱스핀을 머금고 독수리가 먹이를 낚아채듯, 빠르게 떨어지는… 극단적인 궤적이 신기할 수밖에 없는 것이다.

"후우욱!"

하지만 신기한 것은 신기한 것이고, 공은 쳐야 한다.

다행히 코스까지는 그리 예리하지 못한 상황.

영석은 짧게 움직이는 것으로 공의 지척까지 다가가는 것에 성공했다.

가뜩이나 세상이 느려져 있는 상태.

공이 떨어지며 흩뿌리는 흙 알맹이의 모습이 마치 포탄이 떨어지는 장면을 연상케 했다.

그리고 영석은 반사적으로 '바운드의 높이'를 기대했다.

ㅡ보통 선수의 두 배 가까운 톱스핀을 구사할 수 있는 능력.

톱스핀을 많이 먹으면, 공은 높게 바운드된다.

그게 탄력성이 가득한 클레이에서라면 실로 무시무시한 높이로 튀어 오른다.

나달 입장에서는 평범한 공이지만, 상대하는 선수들에게는 끔찍한 재앙과 다름없다.

슈우우욱ㅡ

공이 천천히 튀어 오르기 시작한다.

무릎, 허리, 가슴… 그리고 마침내 영석의 목 언저리에서도 더 올라가려는 기색을 보이는 공.

1.7미터 가까이 올라가고도 여력이 남아 있는 것 같았다.

"⋯⋯!!"

아연실색한 영석이지만, 실로 기계적이면서도 반사적인 반응이 그의 의식과는 별개로 몸을 움직였다.

슈욱!

가볍게 제자리에서 살짝 점프를 해, 공이 정점에 올랐을 때의 높이를 상대적으로 낮춘다.

그리고 높은 공을 그대로 찍어 누르듯, 팔을 휘두른다.

슈우펑!!!

얼마나 눌러댔는지, 영석의 라켓이 위에서 공을 덮으려는 모양새처럼 보이기도 했다.

착!

그리고 세계가 다시 빨라졌다.

"훅!"

이제는 어느 정도 이 기이한 능력에 적응을 하고 있는 상태.

영석은 조금의 시간적인 차이도 두지 않고, 쏜살같이 앞으로 향했다.

"⋯⋯."

나달은 그런 영석의 움직임을 보면서도 공을 쫓는 것 외에는 아무런 대안이 없었다.

자신이 보낸 높은 공이 치명적인 칼날이 되어 목에 드리워져 있었기 때문이다.

차, 차차차차차악!

정신없는 소리가 나달의 발끝에서 피어난다.

얼마나 빠른지, 영석이 저도 모르게 감탄을 할 정도.

그리고 공에 다다른 나달이 마치 탁구 선수가 공을 커트해 내듯, 손목을 이용해 휙— 라켓을 휘두른다.

팡!!

굳이 말하자면, 포핸드로 펼치는 슬라이스.

테니스 선수들도 가끔 구사는 하지만, 대개 어설픈 공으로 귀결되게 마련인 이 기술 아닌 기술은, 나달이라는 신체를 만나자 무시할 수 없는 위력을 품게 되었다.

'무지막지하군.'

나달이 서 있는 곳은 베이스라인에서 무려 2미터는 더 뒤로 물러난 곳.

그곳에서 궁여지책으로 몸부림친 것치고는 공이 생생하게 살아 있었다.

"하지만 난 네트 앞에 있어."

퉁!

영석은 나직하게 중얼거리고는 나달이 보인 기지(機智)를 발리로 가볍게 끊어먹었다.

*　　　　*　　　　*

4 : 2.

시합은 영석의 예상과는 다르고, 영석을 제외한 모두의 예상과 동일한 흐름으로 진행되고 있다.

영석이 하드 코트에서 다른 선수들과 시합을 할 때 보이는 양상을 그대로 재현하고 있는 것이다.

─절정의 서브를 무기 삼아, 자신의 서브 게임은 쉽게 가져가고, 상대의 서브 게임을 브레이크하기 위해 안간힘을 쓴다.

클레이에서는 조금 빛이 바랬지만, 영석의 시합은 대개가 이런 식이었다.

너무나 탁월한 서브가, 게임 전개 자체를 정해 버리는 기현상.

그리고 나달은 영석이 네 번의 서브 게임을 지키는 동안, 두 번의 서브 게임을 브레이크당했다.

'음… 이유가 뭘까.'

쉽게 이기면 그만이건만, 영석은 나달이 자신의 서브에 애를 먹고 있는 지금의 상황을 설명할 수 있는 논리를 궁리하고 있었다.

'본인이 이런 서브를 치진 못해도, 리턴만큼은 역대급인 선수인데……. 아직 경험이 없나?'

아직 몸이 자라기도 전에 로딕의 서브를 맛보고, 그 후로도 로딕을 만나고, 서브에 대한 한계를 끊임없이 부숴온 영석과는 다른 성장 배경을 갖고 있을 수도 있다.

과육이 흘러넘칠 정도로 농익은 상태를 기대했지만, 지금까지는 신맛만 나는 상태.

'그것도 아니면, 내가 왼손잡이라서?'

왼손잡이가 구기 종목에서 강세를 보이는 것은 희소성에 기인하게 마련이다.

그래서 왼손잡이 선수는 오른손잡이 선수에게 강하다.

하지만 의외로 같은 왼손잡이 선수에게 약한 경우가 많다.

이유는 단 하나. '익숙하지 않기 때문'이다.

'그러고 보니 난 익숙하군.'

익숙해질 근거가 없는데도, 영석은 몇 번 안 되는 왼손잡이와의 대전에서 어려움을 못 느꼈다.

―오른손잡이의 포핸드는 왼손잡이의 백핸드.

―오른손잡이의 백핸드는 왼손잡이의 포핸드.

단순하게 거울을 떠올리면, 쉽다고 생각할 수 있지만, 실제로는 큰 차이가 있다.

포핸드와 백핸드 스트로크 자체가 다른 메커니즘을 지니고 있기 때문이다.

그러나 영석의 뇌는 복잡한 알고리즘을 순식간에 풀어낼 수 있을 정도로 잘 발달되었다.

상대의 반응은 물론이고, 자신이 보일 수 있는 것까지 계산해 낼 수 있는 능력이 있는 것이다.

전생과 합쳐 1,000전에 이르는 경험도 한몫하고 있다는 것도 이유가 될 수 있다.

'빨리 수를 쓰지 않으면, 이대로 패배하게 될 거다.'

영석은 눈빛으로 나달을 채근했다.

그것을 이해하고 말고는 나달에게 달렸지만 말이다.

6 : 3.

1세트 마지막 게임, 나달의 서브 게임을 무자비하게 브레이크 한 영석은 큰 스코어 차이로 1세트를 가져오고는, 산뜻함과 아쉬움이 공존하는 마음을 추스르고 벤치에 앉아 자신을 다스리기 시작했다.

짝!!

살과 살이 강하게 충돌하는 소리에 영석이 힐끗 나달을 바라봤다.

화롯불을 그대로 눈에 옮겨놓은 듯, 나달의 눈은 시뻘겋게 불타고 있었다.

짝! 짝!

자신의 허벅지를 강하게 내려친 나달이 이윽고, 자신의 뺨을 양손으로 강하게 짓눌렀다.

잔뜩 부푼 젖살이 손가락 사이로 삐져나오는 것 같았다.

'재밌네.'

자신이 1세트를 가져왔을 때, 상대 선수의 반응을 유심히 관찰하는 것 또한 영석의 은밀한 취미였다. 다분히 심리적으로 우위에 선 입장이기 때문이다.

상대가 어떻게 자신을 다스리는지에 대한 관찰은, 추후 이어질 2세트에서 중요한 정보로 작용할 여지가 크다.

부스럭—

3세트 경기.

잘하면 2세트에서 끝을 맺을 수도 있는 상황.

라켓을 아끼지 말아야겠다는 판단을 한 영석이 새 라켓을 한 자루 더 꺼냈다.

"재밌기를."

영석에게 승리란 두 번째로 중요한 것이다.

가장 중요한 것은 자신의 기량을 온전히 발휘하여 치열하게 경기를 치르는 것이다.

나달에게 기대하는 것도 그런 것이고 말이다.

"……."

얼마나 볼을 짓눌렀는지, 나달의 뺨이 붉게 물들어 있었다.

그 덕분일까.

창백했던 아까와 달리, 미묘하게 혈색이 좋아 보였다.

*　　　　*　　　　*

초일류.

혹은 초일류가 될 자질이 있는 사람.

그것은 무엇으로 가늠되는 것일까.

'변화를 두려워하지 않는 거지.'

나달은 2세트에 들어서 서서히 정립을 하기 시작했다.

극단적일 정도로 공격적인 영석을 감당하기 위해선, 살길을 빨리 찾아야 했고, 감각이 좋은 선수일수록 자신의 살길을 잘 찾아낸다.

'좋아.'

영석은 점점 거칠게 부풀어 오르는 온몸의 느낌을 유지하며 머릿속에 얼음물을 붓듯, 끊임없이 냉철함을 유지하려 했다.

아직까지는 냉철함이 유효한 상황이기 때문.

쾅!!

자신감이 있는 포핸드.

인사이드—아웃으로 11시 방향을 향한 공은, 틀림없이 빈틈을 정확하게 찌른 샷이다.

그리고 네트로 돌진하는 영석은, 어떤 패싱에도 당하지 않을 자신이 있었다.

차차차차차차악!

나달의 스텝이 자아내는 소리가 계속해서 귀를 간질인다.

실로 엄청난 스피드.

'그래도 공에 겨우 닿을 거다.'

가장 현명한 선택은 로브이겠지만, 그 또한 요격할 준비는 끝나 있는 상태.

퉁!

쉬익─

'역시!'

왼팔을 쭉 뻗어 라켓을 던지듯 공에 맞춘다.

그 와중에도 강건한 손목의 힘이 미묘한 컨트롤을 가능하게 했다.

밖에서 보기엔 그냥 '툭' 댄 것처럼 보일 정도.

하지만……

'높고 깊어!'

대략적으로 서비스라인에서 스매시를 할 요량이었던 영석은 자신의 예상을 뛰어넘는 로브에 제법 놀란 상태다.

'치지 못할 공은 아니야.'

촤촤악─

나달과 비견해도 한 점 모자람이 없는 영석의 발이 공을 따라 잡게끔 만든다.

"후욱."

슥—

공을 앞에 두고 한차례 호흡을 가다듬은 영석이 양팔을 휘두른다.

쾅!!

허리를 꽈배기처럼 틀어 강하게 회전을 실은 공이 애드 코트로 쭉쭉 뻗는다.

좌차차차착—

다시금 나달이 발을 놀린다.

이미 위치는 베이스라인에서 1.5미터 정도 더 뒤로 물러난 상태.

"흐아아!!!"

신음을 흘린 나달이 '예의' 포핸드를 펼친다.

쾅!!

여전히 섬찟한 소리와 함께, 톱스핀으로 가득한 공이 먹이를 노리는 매처럼 땅으로 꽂힌다.

이번에는 코스도 예리하다.

유려한 스텝으로는 반응할 수 없다.

좌좌좌악!!

그저 본능적으로 달려 공에 다다른 영석의 입을 비집고 신음이 나온다.

"끄응!!"

쾅!!

화살처럼 쏘아진 공은, 위협적으로 나달에게 짓쳐 든다.

완벽한 플랫성 공.

두 선수의 공은 극명하게 대비되고 있다.

쿵!

낮게 깔린 그 공에 대응하는 나달은 라켓을 공보다 더 떨어뜨린 상태로 마음껏 긁어 올리며, 더욱더 엄청난 톱스핀을 걸고 있었다.

쾅!!

촤차차차작!

두 선수 모두 이미 베이스라인에서 1미터 이상 물러서 있는 상태.

둘 다 발에 자신이 있기 때문에, 어떠한 각도로 와도 어떻게든 받아낼 수 있다는 생각을 품고 있었다.

'요는… 누가 먼저 빈틈을 찾고 공격을 시도하느냐지.'

평소보다도 코트에서 더 멀리 떨어져 있는 영석은, 새삼 코트가 넓다는 생각을 했다.

복식 라인을 제외한 단식 라인의 면적은 지극히 좁았지만, 제멋대로 멀찍이 튀어 오르는 나달의 공은 라인을 무색하게 만들고 있다.

쾅!!

사정은 나달이라고 해서 다를 것이 없었다.

톱스핀에 대응하여 멀찍이 물러나 있는 영석과는 달리, 나달은 순전히 영석의 공을 놓치기 싫다는 마음에 물러나 있는 상태다.

베이스라인 근처에서 서성이고 있다간, 바늘구멍을 뚫을 듯한 영석의 날카로운 스트로크에 대응하기 어렵다는 판단을 본능적으로 내린 것이다.

지금 두 선수에겐, 코트의 라인은 분명하게 아무런 제약이 되지 않고 있었다.

'몇 구째지?'

3 : 3.

치열한 접전이 펼쳐지고 있는 2세트는, 겨우 네 게임만 치렀을 뿐인데, 1세트 전체의 시간만큼이나 소요되고 있는 상황이다.

발 VS 발.

두 선수는 모두 발이 빨라, 어지간한 공은 커트해 낼 수 있는 여력이 있었다.

영석이 빠른 예측과 반사 신경, 효율이 좋은 유려한 스텝을 이용한 '감각적인 빠름'이라면, 나달은 단순히 '달리기'가 빨랐다. 테니스가 아니라 뭘 했어도 대성했을 다리다.

스타트가 빠른 영석, 빠른 속도로 일관성 있게 뛰어다닐 수 있는 나달.

둘의 평균속도는 대동소이(大同小異)했다.

"흑, 흑……."

입에서는 벌써부터 단내가 풀풀 나고 있는 상황이었다.

치미는 갈증이 서서히 신경을 갉아먹는 기분이다.

정신을 보호하는 '막'이 있다면, 서서히 얇아지고 있다는 게 느껴질 정도.

길게 봐서 10구까지도 계산에 둘 수 있는 영석이었지만, 나달과의 랠리는 굉장한 찬스가 도래하지 않는다면, 기본적으로 20구 정도는 깔고 들어갔다.

물론, 사이사이 찔러 넣는 치명적인 공격은 계속해서 시도되고 있다.

다만, 둘 다 그것을 받아낼 뿐이다.

"……."

자신이 이기든 말든, 나달은 지금 영석의 공을 한 번이라도 더 받아내는 것에 인생을 건 듯한 기세다.

─무조건 넘기는 것.

그것 하나만 생각하는 나달은, 무서울 정도로 탁월한 능력을 보이고 있었다.

'거봐. 각성하잖아.'

영석은 지친 얼굴에 옅은 미소를 띠고 광기에 가득 찬 눈으로 뛰어다니고 있는 나달을 또렷이 바라봤다.

피로가 몰려오는 느낌이지만, 그래도 재밌었다.

지금 코트를 지배하고 있는 건, 무섭도록 순수한 '투기'였다.

쾅!!

다시금 폭발하는 영석의 플랫성 스트로크.

여지없이 라인 위를 타고 논다.

조금이라도 더 세밀하게, 더욱 세밀하게… 한없이 치열하게 타점을 조율한 영석이 이뤄낸 쾌거였다.

'같은 페이스로 뛰어다니면, 몸이 큰 내가 체력적으로 불리해.'

마침 공도 굉장히 예리한 코스를 찌른 상태.

영석은 주저 없이 네트로 몸을 날렸다.

'와라.'

영석의 몸이 네트로 쏘아지는 것과 동시에 나달이 휘청거리며 주저앉듯, 몸을 가누지 못한 상태로 팔을 휘둘렀다. 신음이 길게 뿜어진다.

"끄으으으으……."

쾅!!

"크윽!!"

상상하지도 못한 타이밍, 가늠하지 못할 코스로 레이저처럼 뻗어오는 공이 의미하는 것은 단 하나.

'완벽한 카운터'였다.

한껏 뻗어낸 팔이 무색하게, 공은 라켓을 피해 쭉쭉 뻗어갔다.

"아아아아아!!! 컴온!!!"

"우와아아아아아아!!!"

신음 끝에 엄청난 포효가 터지고, 나달은 공중에 어퍼컷을 하며 영석을 잡아먹을 듯 바라봤다.

─어떤 공이든 받아내는데, 그게 다 카운터.

미쳐 날뛰는 나달을 보며 영석은 쓴웃음을 지었다.

'그래야지…….'

나달의 몸놀림은 테니스라는 '형식'을 크게 벗어나 있었다.

합리적이면서 과학적인 스윙의 메커니즘은 아예 무시하고, 그때그때 온몸을 던져 툭툭 공을 쳐댄다.

그럼에도 공은 일말의 부족함 없이, 훌륭한 질을 자랑한다.

'훌륭한 테니스'는 아니지만, '훌륭한 몸'은 확실했다.

마치 야성(野性)의 절정을 엿보는 기분이었다.

3 : 4.

전광판의 숫자가 바뀐다.

나달은 영석을 상대로 처음으로 우세를 점하게 됐다.

쾅!!

한번 잡은 기세를 살리려는 것일까.

팔을 휘두름에 있어 자신감이 넘친다.

아무리 강하게 휘둘러도 모조리 다 '인'이 될 것 같은 기묘한 감각.

실제로 위맹을 떨쳤던 톱스핀은 더더욱 강하게 공을 회전시키고 있었다.

쿵!

코트에 찍히고 훌쩍 튀어 오른 공을 마주하는 영석의 눈이 시리게 빛난다.

'……'

퉁!

잔뜩 힘이 들어갔던 라켓이 도중에 궤적을 달리한다.

소름 끼치도록 유려한 동작이 소름을 돋게 한다.

휘익—

툭!

기세 좋게 공을 보냈던 나달은 베이스라인 뒤에서 그 공을 멍하니 바라봤다.

전혀 예상하지 못한 타이밍에 영석이 구사한 드롭은 한껏 투쟁심을 불태우고 있는 나달에게 쏟아진 찬물과 다름없었다.

팽팽하게 당겨진 집중력의 실이 '팡!' 하고 끊어진 상태 말이다.

툭, 툭…….

2세트를 내줄 수도 있는 상황에서 나달에게 드리워진 칼날.

서늘하기 짝이 없는 일격에서 영석의 노련함을 엿볼 수 있었다.

'가장 들뜰 때를 조심해야지.'

연속되는 두 포인트에서, 서로가 서로에게 한 방씩 먹인 상황.

그리고 다시 두 선수는 서로의 빈틈을 찾기 위한 길고 긴 랠리를 펼치기 시작했다.

*   *   *

치열한 승부가 이어지고 있음을 보이는 명확한 지표. 그것은 스코어다.

"훅……."

5 : 5.

2세트의 끝을 향해 달려가는 지금, 영석과 나달은 관중들에게 긴장감을 끝없이 선사하는 경기를 펼치고 있었다.

바늘구멍 같은 빈틈으로는 안 된다.

일격에 상대를 고꾸라뜨릴 수 있는 찬스를 얻기 전까지, 두 선수는 계속해서 그라운드 스트로크를 주고받았다.

두 선수 다 인사이드—아웃을 절묘하게 구사하고, 그것을 가까스로 쫓아가 공을 걸어내는 장면을 수시로 보였다. 관중석에서는 절로 터져 나오는 감탄 섞인 한숨을 숨길 수가 없었다.

덜덜—

영석은 허벅지가 조금씩 경련하기 시작하자 아쉬운 생각이 들었다.

'흠… 이제 정점에서 내려가고 있구나…….'

자신의 몸을 체크함에 있어 일말의 너그러움이 없는 영석은, 이번 경기에서 조금씩 떨어지고 있는 기량에 아쉬움을 느끼고 있었다.

"습, 후……."

호흡은 능숙하게 조절하고 있어서, 떨어지고 있는 몸의 기능을 간신히 붙드는 것에 큰 공헌을 하고 있었다.

문제는 근육이 보이는 피로.

에스토릴 오픈에서 우승을 하자마자 몬테카를로로 와서, 하루도 쉬는 날 없이 새로운 대회를 이어온 영석은, 벌써 2주 동안 거의 매일 경기를 치르고 있었다.

아무리 대단한 철인(鐵人)이라 할지라도 이 정도면 지치게 마련.

'넌 아직 부족한가 보구나.'

반면, 나달은 달랐다.

참여하는 대회마다 우승을 하고 있는 영석과는 달리, 일정에 여유가 있는 나달은 온전한 체력을 보유하고 있는 것이다.

광채가 뿜어져 나오는 듯한 눈동자에서 그런 나달의 자신감을 엿볼 수 있었다.

"푸우우우우……."

영석은 머리를 젓더니, 폐부 가득히 공기를 꾹꾹 눌러 담고는 천천히, 아주 천천히 내뱉었다.

'조금만 더 버티자.'

스스로에게 격려를 보내 식어가는 몸의 열기를 붙든다.

*   *   *

"끄으으으… 어!!"

나달은 꽤나 시끄럽게 경기를 풀어나가는 스타일이다.

경기 내내 거의 목소리를 들려주지 않는 영석과는 사뭇 대조적인 모습.

서브 하나에도 신음이 터진다.

쾅!!

모자란 스피드와 위력을, 낮게 토스하여 빠르게 팔을 휘두름으로써 타이밍을 반 박자 빠르게 가져가는 것으로 보완하는 나달의 서브는, 분명 썩 나쁘지 않은 수준이었다.

하지만……

"흡!!"

콰아앙!!!

영석에게는 너무나 쉬운 먹잇감에 불과한 나달의 서브.

있는 힘껏 풀스윙으로 휘두른 리턴은, 나달의 서브보다도 빨랐다.

쉬익!!!

코스는 스트레이트.

순간이동이라도 할 수 있지 않는 한, 절대 받아낼 수 없는 리턴이었다.

"러브 피프틴."

건조한 심판의 선언에, 영석은 가볍게 허리를 돌리고는 애드 코트로 걸음을 옮겼다.

'어설픈 서브는 모조리 다 리턴 에이스로.'

퉁, 퉁…….

공을 몇 번 튕기다가, 엉덩이 골에 낀 바지를 빼내고 머리카락을 귀 위로 쓸어 넘기는 루틴을 보이지 않는 나달은 생소했다. 이렇게 사소한 것까지 미래의 모습과는 전혀 달랐다.

'어떻게 할 거냐.'

체력적으로 열세인 영석이 경기를 길게 끌어올 수 있었던 것에는 '나달의' 서브가 가장 중요한 역할을 했다.

나달의 플랫 서브는, 영석의 기준으로는 쓸 만한 서브가 아니었다.

방금 전처럼 리턴 에이스를 먹이기에 딱 좋은 정도.

퉁, 퉁…….

나달은 아주 오랜 시간 동안 고민을 했다.

속절없이 공을 튕기다 보니, 도대체 몇 번을 튕겼는지 알 수가 없을 정도였다.

그리고 서브 제한 시간이 거의 다 지나갔을 무렵,

나달은 돌연 토스를 시작했다.

훅—

평소보다 조금 더 높은 토스.

공중에서 우아하게 천천히 회전하고 있는 공에 맞춰, 나달의 몸도 떠오르기 시작했다.

허벅지의 근육들이 굳게 뭉쳐서 출렁인다.

휘릭— 펑!!!

'스핀 서브!'

그렇다.

나달은 퍼스트 서브로 플랫 서브가 아닌, 스핀 서브를 택한 것이다.

휘리릭— 쿵!

마치 투수가 던지는 커브볼처럼, 큰 굴곡을 그리며 날아온 공은 한차례 땅으로 돌진하고는 마치 포핸드 스트로크처럼 크게 튀어 올랐다.

센터에 찍힌 공은 크게 휘며 바운드되어 듀스 코트로 도망갈 정도였다.

'훨씬… 낫군.'

촤촤촤촤악!

영석이 재빠르게 사이드 스텝을 밟고 양팔을 휘둘렀다.

제대로 의표를 찔렀다. 리턴 에이스는 언감생심 꿈도 꾸지 못할 정도.

펑!

영석은 네트를 넘기는 것으로 만족해야 했다.

나달의 다리가 현란하게 움직인다.

"끄으으어!"

짧게 떨어진 영석의 공을 잡아먹을 듯 쫓아간 나달이 팔을 힘차게 휘두른다.

쾅!

서비스라인 한가운데서 펼친 인사이드—아웃 포핸드 스트로크.

특유의 톱스핀은 없었지만, 섬전처럼 빨랐다.

센터마크를 넘어서 거의 듀스 코트 쪽까지 다리를 뻗을 수밖에 없었던 영석은 다시 애드 코트로 달려갔다.

촤촤촤악!

'쳇!'

다리가 순간적으로 말을 안 들었다.

한 템포 타이밍을 놓친 영석은 팔을 쭉 뻗어 손목만을 이용한 스트로크를 구사하는 수밖에 없었다.

그러나…….

쾅!!

결과물은 훌륭했다.

굳이 할 이유가 없을 뿐이지, 영석 또한 나달처럼 어느 자세에서 어느 공을 쳐도 남들보다 빼어났다.

촤르르르.

크게 벌렸던 다리를 순식간에 오므린 영석이, 다리를 놀렸다.

네트 앞에서 뜨거운 눈빛을 하고 있는 나달이 먹음직스러운 고기를 눈앞에 둔 것처럼 벼르고 있기 때문이다.

모든 정황이 이번 포인트를 포기하라고 영석에게 말하는 이 순간.

영석은 다시없을 집중력을 극도로 발휘하기 시작했다.

쓸모가 있을지에 대해선 아직도 의문이지만, 다시 나달의 몸놀림이 아주 천천히 보이기 시작하며, 감각이 발현되는 것을 느낄 수 있었다.

스으으으—

애드 코트에서의 몸부림 덕분에, 영석의 공을 발리로 처리하기 위해서는, 왼손잡이인 나달이 백핸드 발리를 구사해야 했다. 백핸드 발리는 몸을 틀어야 하는 동작 때문에, 포핸드 발리보다도 약간의 시간이 소요된다.

훼에엑—

나달이 라켓을 바짝 들어 올리는 모습이 천천히 눈에 들어온다.

코스는…….

'물론 듀스 코트겠지.'

그러나 영석은 섣불리 몸을 던지지 않았다.

프로의 세계에서는 공에 닿기 직전이라면, 언제든 코스 따위는 손쉽게 바꿀 수 있기 때문이다.

"……."

끔찍할 정도의 인내심을 요구하는 시간이 흐르고…….

'지금!'

실핏줄이 바짝 서 있을 정도로 눈 한 번 깜빡이지 않고 공만을 뚜렷하게 바라보던 영석이 몸을 날렸다. 코스는 예상대로 듀스 코트.

치열한 영석과는 달리, 나달은 이미 따놓은 포인트로 생각하는 듯, 긴장감이 다소 사라진 모습이다.

파아아아아앙—!!

공이 라켓에 충돌하며, 스트링이 꿀렁— 움푹 파였다가 공을 팅겨내는 모습을, 영석은 귀로 확인할 뿐이었다.

촤, 촤, 촤, 촤……

한없이 느리게 뻗어서 땅을 박차는 다리에 답답함을 느꼈다.

영석은 3시 방향으로 곧장 뛰어가는 것이 아닌, 5시 방향으로 뛰어갔다.

애초에 뒤를 향하고 뛰어야 공에 닿을 수 있다는 것을 직감한 것이다.

'모자라.'

영석은 입술을 짓씹었다.

라인 근처에 떨어지는 것도 아닌데, 시간이 모자랐다.

'몸에 흙 묻히기는 싫었는데……'

이제 남은 방법은 단 하나.

다이빙하듯, 몸을 날리는 것이다.

투어 생활 중에 거의 해본 적 없는 일이라, 1차적으로 정신적인 저항감에 부딪혔다.

움찔―!

하지만 지금은 모든 것이 느려진 세상.

다행히도, 마음을 먹는 데까지 생각을 돌릴 시간은 충분했다.

휘익―

그리고… 영석은 몸을 날렸다.

'닿아라!!'

엄지와 검지로 그립 끝부분을 잡은 왼팔을 쭉 펴고, 오른팔은 혹시 몰라 손바닥을 아래를 향하게 하고 살짝 구부린 상태.

티익―

천운이 닿았는지, 기다란 팔 끝에 덜렁거리며 아슬아슬하게 매달린 라켓에 공이 닿았다.

그리고 영석의 눈앞에 흙바닥이 덮쳐왔다.

촤르르르르르르—

"큭!"

속도감이 제자리로 돌아온 것을 깨달은 영석이 오른팔로 땅을 강하게 짚었다.

까득, 까드득!

팔 전체에 지렁이 같은 핏줄이 우둘투둘 솟아나며 엄청난 거력이 순간적으로 작용했다.

휙—

오른팔 하나로 몸을 지탱한 영석이 재빨리 일어났다.

'어떻게 됐냐!'

절박한 상황에 피로는 일찌감치 사라진 상태.

온몸이 들끓어 오르고 있었다.

휘익—

고개를 돌리자, 두둥실 떠다니고 있는 공을 한차례 확인한 나달이 있는 힘껏 베이스라인으로 되돌아가는 모습이 보였다.

'치겠군.'

로브라고 하기엔 너무나 조악한 공이었다.

회전도 거의 품고 있지 않아서 나달이라면 충분히 받아낼 수 있다고 판단한 영석은, 재빨리 뒤로 물러났다.

펑!

그리고 나달은 트위너 샷을 구사했다.

코스까지는 세밀하지 못해 센터로 날아온 상황.

'빠르게 자른다.'

영석은 공이 바닥에 떨어지자마자 양손 가득 쥐고 있는 라켓을 빛줄기처럼 휘둘렀다.

쿵펑!

완벽한 라이징 샷.

절정에 달해 있는 감각이 세밀한 컨트롤을 가능하게 만들었다.

노리는 곳은 당연히 11시 방향 구석.

착! 탓! 차차차착!

라이징 샷을 친 기세를 이용한 영석이 그 기세를 살려 네트로 달려갔다.

행운 끝에 찾아온 기회를 놓칠 생각이, 그에게는 한 톨도 없었다.

"끄으으으으……"

나달이 길게 신음을 흘린다.

이 어린 선수는, 2세트 막바지인 지금에 이르러, 1세트보다 더욱더 빨리 뛰는 괴이한 모습을 보이고 있었다.

'너는 이 공도 제대로 처리하겠지.'

무너지는 자세에서 툭툭 갖다 대기만 해도 공은 빨랫줄처럼 쪽쪽 뻗어온다.

이미 몇 번이고 겪은 일.

치명적인 일격을 가한 상태임에도 영석의 긴장감은 식을 줄을 몰랐다.

펑!!

역시나, 기대를 저버리지 않는 나달의 특기가 발휘됐다.

'흥.'

한계에 가까울 정도로 긴장감을 불어넣고 있는 영석의 허벅지가 순간적으로 움찔하며 부드럽게 영석의 몸을 움직인다.

차분하게, 그러나 나달처럼 긴장감을 놓진 않은 상태로 조심스럽게 발리를 댔다.

퉁!!

네트 근처에 떨어지게끔 코스까지 엄밀하게 판단한 영석의 발리.

촤촤촤촤촤촤착!!

그러나 나달은 그런 영석을 비웃듯, 영석이 라켓을 대기도 전부터 베이스라인에서 네트를 향해 무지막지한 속도로 달려오고 있었다.

"...백스핀이야."

영석은 그런 나달을 차분한 신색으로 지켜보며 몸의 긴장을 풀었다.

데구르르르……

영석이 보낸 공은, 코트에 떨어지기 무섭게 휘릭 돌더니 네트로 되돌아가듯 여유롭게 굴렀다.

촤아아악—

뒤늦게 당도한 나달이 몸을 멈추고 공을 아쉬운 듯 바라봤다.

6 : 5.

전광판은 다시 영석의 우세를 나타내고 있었다.

*　　　　　*　　　　　*

이번 경기 마지막이 될 수도 있는 서브 게임.

'마지막이 되게 해야지.'

타이트한 스케줄에 대한 각오는 이미 끝내놓은 상태지만, 역시나 체력적인 부담감은 어쩔 수가 없었다.

'3세트 경기라 다행이야.'

애거시 때와는 다르게, 지금은 5세트 경기가 아니라는 게 썩 좋다고 생각됐다.

한차례 허벅지를 찰싹 때린 영석이 볼키즈에게 공을 받아 들고 유심히 하나씩 골라내기 시작했다.

통, 통, 통, 통, 통…….

숨 막히는 정적 속에, 영석이 공을 팅기는 소리가 나직하게 퍼진다.

훅—

토스를 하고,

휘리리리릭—

온몸을 휘감는 힘을 잘 보전시켜 상체로 이동시킨다.

이때만큼은 자신의 팔이 근육과 뼈, 살로 이루어진 유기물이 아닌, 채찍이 되었다고 생각해야 한다. 뽑혀 나갈 정도의 각오를 하고 정점에 이른 공을 한껏 째려본다.

쉬익—

어깨를 통째로 던진다는 느낌을 준다.

콰아아앙!!!

전율의 서브가 폭발음을 내며 쏟아진다.

클레이에선 의식적으로 자제하고 있던 서브&발리.

영석은 자신의 서브 게임에서 이 전략을 들고 나왔다.

두 개의 서브 에이스와 두 개의 포인트를 연속으로 얻어낸 러브 게임.

고대하고 고대하던 나달과의 경기는 이렇게 끝이 났다.

"……."

나달이 어색한 모양새를 하고 코트 한복판에 멀거니 서 있었다.

2세트 마지막 경기에서 이런 전략을 취할 줄은 몰랐던 나달은 단 두 번밖에 주어지지 않은 리턴의 기회를 허무하게 날리고, 승리를 헌납하고야 말았다.

그것이 못내 아쉬운 것일까.

영석이 네트에 당도했음에도 불구하고 나달은 움직이지 않았다.

"……!!"

심판이 나직하게 그를 호명하자, 그제야 정신을 퍼뜩 차린 나달이 잰걸음으로 영석에게 다가갔다.

"……."

아무런 말을 안 하고 있는 나달의 모습을 뜻 모를 눈으로 잠시 바라본 영석이 손을 뻗어 나달을 살짝 끌어안았다.

"다음에 또 봅시다."

"…꼭."

나달은 영석의 말에 나직하게 답하고는 심판을 향해 걸어갔다.

"후……."

그 뒷모습을 바라본 영석은 나직하게 숨을 내뱉었다.

6 : 3, 7 : 5.

난생처음 나달을 만난 영석은, 오랜만에 '승리의 기쁨'이 몸에 가득 들어차 있음을 느꼈다.

승리는… 달고도 달았다.

Chapter 67
풍요로움, 그것은···

"······."

영석은 자신의 오른손을 멀거니 내려다봤다.

"그나마 다행입니다."

강춘수가 옆에서 조용히 영석을 위로했다.

부드러운 붕대를 몇 겹으로 감아 단단히 고정시켜 놓은 손목을 내려다보는 영석의 마음이 심란할 것이라 예측한 것이다.

"아쉽네요······. 클레이는 가급적 많이 참가해야 하는데······."

"······."

'그리고 많이 져야 하고요'라는 말이 숨겨져 있는··· 뜻 모를 영석의 말에 강춘수는 별다른 대답을 하지 못했다.

*　　　　*　　　　*

나달과의 대결에서 마지막에 선보인 영석의 허슬 플레이.

다이빙을 하면서 오른팔 하나로 자신의 몸을 지탱하고 순식간에 들어 올려 바로 세우기까지 했던, 그 믿기지 않을 동작을 펼친 대가는 시합이 끝나고 옷을 갈아입는 와중에 시작됐다.

"흠……."

2001년에도 부상 하나로 거의 시즌을 날렸던 영석은, 부상에 꽤나 예민한 의식을 갖고 있었다. 그나마 다리가 아니고, 주력이 아닌 팔인 오른손이라 침착함을 유지할 수 있었던 영석은 냉철한 눈으로 손목을 점검하기 시작했다.

"괜찮군."

안도의 한숨과 함께 손목을 빙글 돌려본다.

위험할 수 있지만, 이렇게 함으로써 부상의 정도를 가늠하는 것 또한 영석에겐 익숙한 일이다.

시계 방향, 반시계 방향으로 모두 돌려본 결과, 11시 지점에서 뜨끔하는 고통이 있었다.

—한 포인트를 따기 위해서 부상을 감안하고 몸을 움직여야 하는가.

길고 긴 프로 생활.

한 포인트를 굳이 목숨 걸고 따낼 때마다 지켜보는 이는 물론이고, 선수 본인도 위와 같은 생각을 한다.

심지어 그 포인트를 따고 나서도 후회를 하기도 한다.

'그럴 만한 가치가 있었을까?'라면서 말이다.

어쩌면 수백 경기를 넘어 수백 개의 대회에 참가할지도 모르는 삶.

한 포인트를 위한 희생은, 너무나도 불합리하게 느껴질 수 있다.

'그렇다 해도, 할 수 있는데 하지 않는 건 수치지.'

한 명이 몸을 사려도 금방 팀 전체의 밸런스가 무너지는 것이 스포츠다.

개인 종목인 테니스는 말할 것도 없고 말이다.

그리고 '기세'라는, 실로 오묘한 항목은 테니스에서 거의 절반 이상을 차지한다.

아마 그 포인트를 나달에게 헌납했으면, 시합은 갈피를 잡을 수 없는 상태로 흘러갔을 가능성이 크다.

이길 수 있을 거라는 판단이 들 때, 그걸 실현하는 것.

그 승리의 대가가 이 정도로 가벼운 부상이라면, 얼마든지 몸을 던질 수 있었다. 던져야 하고 말이다.

'골절이 안 된 게 어디야……'

가벼운 안도의 한숨과 함께, 하루 정도 잘 찜질하면 문제없을 거라는 생각을 한 영석은 SF에서 만날 가능성이 농후한 이재림을 찾았다.

'드디어 이놈과 시합을 하게 되는구나!'라는 조금의 기대와 함께 말이다.

그리고 부상에 대한 자신의 생각이 얼마나 안일했는지는, 침울한 얼굴을 하고 있는 이재림을 만나고서 깨닫게 됐다.

"설마… 졌냐?"

"……"

이재림은 고개를 끄덕였다.

'꼴값을 떨 때부터 알아봤어!'라고 한차례 호통을 치고 싶었지만, 그럴 말을 할 자격 따위 영석에게 없었다.

그리고 이재림 또한 프로다.

시합에 들어가서까지 그런 경박한 마음을 품진 않았을 거라는 기대감을 품고 박정훈을 바라봤다. 박정훈은 안타까운 얼굴로 고개를 끄덕이며 시합의 결과를 말해줬다. 그리고 그 결과는 영석이 품고 있는 일말의 기대감을 충족시켰다.

"5 : 7, 6 : 4. 5 : 7. 아쉽게 졌어."

"……."

영석은 침착한 얼굴로 박정훈의 말에 고개를 끄덕였다.

'만약 1라운드였다면 이겼겠지. 올라갈수록 부담감이 생긴 걸 거야.'

그 정도로 이재림의 이번 QF 대전 운은 좋았다.

거의 완전한 무명이라는 점은 둘 다 마찬가지였지만, 최소한 이재림은 급격하게 떠오르고 있는 신흥 강자에 속했으니 말이다. 코트 또한 클레이여서, 많은 사람들이 기대를 하고 있었다.

하지만 이재림은 자신을 포함한 모두의 기대감을 짊어지는 것에 실패했다.

영석은 들끓어 오르던 짜증 대신, 급격하게 차오르는 안타까움을 느꼈다.

'그럴 수도 있지.'

무려 '마스터스 시리즈' 아니던가.

이런 큰 대회에서는 라운드를 거듭할수록 상상하지도 못할 거대한 압력이 머리로 쏟아져 내린다.

이겨내면 대단하지만, 못 이겨냈다고 해서 못난 것은 아니었다.

"기회는 앞으로도 충분해."

영석은 이재림의 어깨를 한차례 두들기고는 손목을 부여잡고 강춘수에게 말했다.

"병원 좀 가죠."

이재림과의 4강전이 무산되자, 거짓말처럼 손목이 시큰거리기 시작했다.

*   *   *

신체 어디나 마찬가지이지만, 특히 관절은 구조가 상당히 복잡하다.

근육과 뼈는 물론이고, 인대 등의 역학 구조는 실로 경탄스러울 정도로 짜임새가 대단했다.

그래서 그만큼 부상의 위험에 가장 크게 노출되기도 한다. 습관적으로 다칠 수 있는 가능성 또한 크다.

"환자분의 손목은 현재……."

엑스레이를 보드에 올려놓고, 정형외과 전문의가 말을 쏟아내기 시작했다.

다행히 부상은 경미했다.

인대가 살짝 늘어난, 아주 미약한 염좌에 불과했고 1, 2주 정도 꾸준히 물리치료를 받으면 문제없이 복귀할 수 있다는 진단을 받은 것.

그러나 그것은 '일반적인' 판단이었고, 선수에게는 조금 다른 잣대가 적용한다.

"으음……."

몇 가지 물리치료를 받고 난 후, 수 시간 후에 붕대로 고정을 시켜놓으라는 처방까지 받은 영석은 자신의 옆에서 묵묵히 보조를 하고 있는 강춘수에게 말했다.

"앞으로 대회 몇 개는 불참이겠군요."

"…물론입니다."

다친 곳은 오른손.

서브를 위한 토스와, 투 핸드 백핸드에서밖에 쓰이지 않는 손이긴 하지만, 영석의 가장 큰 장점 중 두 개가 흔들릴 수 있다는 것이 시사하는 것은 단 하나, '불참'이다.

진희와 만나는 곳은 이탈리아의 로마.

로마에서는 마스터스 시리즈가 5월 5일에 시작된다.

4월 18일인 지금과는 짧은 것 같으면서도 긴 시간의 여유가 생겨 버렸다.

그사이에 열리는 대회가 몇 개인가.

4월 21일에 스페인의 바르셀로나, 미국의 휴스턴… 총 두 개의 클레이 시합이 열린다.

4월 28일에는 독일의 뮌헨과, 스페인의 발렌시아에서 대회가 열린다.

로마에 가기 전까지 물리적으로 두 개의 대회에 참가할 수 있지만, 영석은 이 두 개의 시합을 모두 불참해야 하는 상황이 된 것이다.

'의무 규정은 없지만… 아쉽다.'

자신이 크게 부족하다고 여기는 환경에서의 시합은 많으면 많을수록 좋다고 생각하는 영석으로서는, 이 두 개의 대회에 참가하지 못하는 것이 상당히 아쉬웠다.

잘하는 것에 몰두하는 것은 일류이고, 못하는 게 없이 만드는 것이 초일류로서의 자질이라고 생각하기 때문이다.

"우선, 숙소로 돌아가죠."

＊　　　　＊　　　　＊

"…음, 그렇군."

영석에게 자초지종을 들은 박정훈은 고개를 끄덕임과 동시에 영석에게 격려를 전했다.

"이런 자질구레한 부상이야 뭐, 프로에겐 숙명 같은 일이니까. 영석 선수는 창창하잖아? 대회 몇 개 참여 못 한다고 해서 큰일 날 것도 없고. 괜찮아. 크게 안 다쳐서 다행이지."

이미 마음속에게 결론을 내려놓은 상태지만, 박정훈의 따뜻한 말이 새삼 듣기 좋았다.

"고마워요, 박 기자님."

박정훈은 이재림에게 격려를 보내는 것 또한 잊지 않았다.

"어리다는 건, 축복이야 재림 선수."

"…네."

이재림은 그래도 아쉬운 기색을 숨기지 않았다.

박정훈의 말이 뻔하다고 느껴졌기 때문이다.

하지만 그 후로 이어진 말은 이재림을 다시 눈뜨게 했다.

"테니스 또한 축복받은 종목이고. 할 의지만 꺾이지 않는다면, 수십, 수백 개의 대회가 전 세계에 널려 있어. 전형적인 말이지만, 재림 선수한테는 이 말을 하고 싶네. '강한 놈이 살아남는 게 아니라'?"

"…살아남는 놈이 강한 놈이다."

이재림이 박정훈의 장단을 맞춰줬다.

영석도 첨언했다.

"사람은 감정에 무뎌지게 마련이야. 심장이 터질 것 같던 기쁨도 나중에는 덤덤해지고, 뛰어내리고 싶을 정도의 절망도 아무렇지 않게 넘길 수 있게 돼. 하지만 오래 살아남으려면, '기쁨은 처음처럼, 절망은 덤덤하게' 포용하는 게 필요하다고 생각해."

누구보다 찬란했을 데뷔를 부상으로 날렸던 경험이 잘 묻어난다.

이재림 또한 자신의 친구가 겪었을 심적 고통을 잘 가늠하고 있었기에, 박정훈과 영석의 말에 흔들렸던 마음의 기둥을 다시 세우기 시작했다.

"…고맙습니다."

짝!

박정훈이 박수를 시원하게 한 번 치고는 분위기를 전환했다.

"자! 일단 몬테카를로에서의 아쉬움은 모두 묻어두고, 젊은이들답게 앞으로의 일을 생각해 봅시다."

"바르셀로나, 발렌시아……. 일단은 이게 좋아 보이는데?"

영석이 어울리지 않게 활기찬 어조로 박정훈의 말을 받았다.

시차와 이동 시간 등을 고려한다면 5월 말에 열리는 프랑스 오픈(롤랑가로스)에 대비하기 위해, 유럽에 머물면서 시간을 보내는 것이 나쁘지 않다는 판단에서의 제의였다.

"안 그래도 그렇게 해볼 작정이야."

이재림은 의지의 단단함이 엿보이는 어조로 답했다.

"오호……. 이형택 선수는 휴스턴에 갔을 텐데?"

박정훈이 흥미롭다는 기색을 숨기지 않았다.

"형 따라다니면, 심리적으로는 좋을 수 있는데… 대회에서는 혼자 한번 해보려고요."

이영석과 이형택이라는 두 선수와 함께하지 않고, 오롯이 홀로 도전하겠다는 의미.

포부도 당찬 말이었다.

한편으로는 걱정이지만, 한편으로는 조금이라도 어릴 때 이재림과 같은 행보를 걷는 것도 나쁘지 않았다.

박정훈도 기꺼운 표정이었다.

"좋아, 그럼 나도 바빠지겠군. 여기저기 한국 선수들의 시합을 취재하려 다녀야 하니까."

"좋은 생각이야."

영석도 미소 지으며 이재림의 선택에 만족해했다.

"아 참, 영석 선수는 어떻게 할 거야? 로마는 참여한다고 쳐도, 그 전에는?"

영석이 아련한 표정으로 박정훈의 질문에 답했다.

"저는 한국에 가려고요."

*   *   *

"식사는 어떻게 하실 겁니까."

옆 좌석에 앉은 강춘수가 나직히 물었다.

옆 좌석이라 해도, 퍼스트클래스에 몸을 들인 터라, 상당히 거리가 멀었다.

"한식이요."

한국의 항공기를 이용하고 있어서 대답에 거침이 없었다.

읽고 있는 책에서 눈도 떼지 않고 영석이 답했다.

헤르만 헤세의 〈데미안〉.

'몇 번을 읽어도⋯⋯.'

'알과 그것을 깨뜨리려는 시도, 그 과정에서 겪는 폭풍 같은 심리⋯⋯.'

'남들과는 다르고 싶지만, 남들과 같을 수 있다는 공포'에서 흘러나오는 심연의 혼란이 영석에게 수많은 영감을 준다.

대단하든, 대단하지 않든, 각자의 삶이 모두 특별한 우주일 수 있다는 것.

거기까지 생각이 뻗어나가면, 필연적으로 성찰의 과정을 맞이하게 된다.

'나는⋯⋯.'

프로 선수는 삶을 늘 퍽퍽하고 빈틈없게 살아가기 때문에, 잠시라도 쉬는 시간이 생기면 주체할 수 없는 허무함에 시달리기도 한다.

그것을 해소하기 위해 유흥에 몰두하다가 인생을 말아먹는 선수도 많다.

영석은 이 '공백의 시간'을 정신적인 풍요로움을 위해 독서에 투자한 것이고 말이다.

'어떻게 살아가고 있을까.'

회귀 전의 삶이 점점 희미해지고 있다는 것을 느끼는 요즘, 공허함이 알게 모르게 삶을 흑백으로 적시고 있다는 생각이 들었다.

"…하."

문득 '이것도 다 얄팍한 부상 덕분이군'이라는 생각이 들자 영석은 피식 웃었다.

여유가 있을 때는, 비행기를 탈 때뿐이라는 사실 또한 썩 우스웠다.

'난 잘하고 있어.'

흘리는 땀 한 방울에 숨과 숨이 얽히고, 치열하게 자신의 승리를 챙겨 나가야 하는 삶… 그것을 온전히 버텨내며 살아가고 있음에 자부심을 가질 수 있지 않을까. 아니, 충분히 잘 살아가고 있는 건 아닐까… 즐거운 상념이 꼬리에 꼬리를 물고 펼쳐진다.

"……"

눈으로 들어오는 검은색 활자가 별이 되어 머릿속에 촘촘히 박힌다.

답과 도착지가 없는 정신적인 여행은, 그 과정 자체가 정답이고 삶의 의지를 북돋아주는 소중한 경험이다.

그렇게 영석이 자신만의 우주를 꾸려 나가고 있을 때,

꼬르륵—

눈치 없게 배에서 밥 달라고 아우성을 쳤다.

＊　　　　＊　　　　＊

"응응, 그래……. 몸조심하고~ 곧 보자."

뚜—

전화를 끊은 영석이 집 대문 앞에서 한차례 크게 기지개를
켠다.

빠각, 뿌득 소리를 내며 온몸이 기쁨의 비명을 지르는 것 같
았다.

진득한 피로가 여지없이 머리끝부터 발끝까지 옭아매고 있었
지만, 방금 들었던 진희의 목소리 덕분에 산뜻한 기분이었다.

그러면서도 고요한 느낌을 지울 수 없었다. 가장 사람이 드문
시간인 낮 시간이어서 그런지, 공기 자체가 차분했다.

"우리 집… 꽤 넓구나."

문을 열고 거실과 부엌을 한눈에 담아보니 새삼 집이 넓게 느
껴졌다.

'혼자 있어서 그런 걸지도…….'

스윽—

영석이 주머니에서 작은 카메라 하나를 꺼냈다.

삐빅,

살며시 버튼을 가볍게 누르자, 재빠르게 AF가 작동하여 초점
을 맞춘다.

찰칵—

구도가 꽤 마음에 들었을까, 영석은 만족한 얼굴로 신발을 벗어 던지고는 집 구석구석을 찍었다.

찰칵, 찰칵, 찰칵……

거실의 물건 하나하나까지 찍은 영석은 자신이 이런 일을 하게 될지는 몰랐다는 듯, 가볍게 실소했다.

"진희가 사자고 했을 때는 안 내켰었는데……."

이렇게 사진을 찍어대는 것이 퍽 즐거웠다.

"좋아……."

내친김에 자신의 방까지 모두 찍어보자는 다짐을 한 영석은 방문을 열고는 한순간에 얼어붙고 말았다.

"세상에……."

말문을 잇지 못한 영석은, 그렇게 한참 동안 자신의 방을 멍하니 바라봤다.

영석의 눈앞에 펼쳐진 것은, 그야말로 사진의 범람이었다.

호주 오픈 우승 후, 가족을 비롯한 찾아온 모든 사람과 함께 사진을 찍었던 것이 화려하게 벽을 수놓고 있었다.

'부모님, 진희네 부모님, 이모, 태수…….'

모두가 우승컵을 마치 보물단지처럼 소중하게 대하며 한 점의 그늘도 없는 표정으로 해맑게 웃고 있었다.

오히려 우승자인 영석이 가장 어색해 보였다.

"…하하……."

연신 웃음을 흘려대며 영석은 사진을 따라 쭉 이동했다.

혼자 지내기에는 너무나 넓은 방이라, 장식된 사진 또한 많은 수를 자랑했다.

"……."

그리고 감상의 끝자락에서, 영석은 가장 놀라고야 말았다.

"이건……."

나무를 통째로 깎아 만든 책상에 비할 바는 아니지만, 상당히 고급스러워 보이는 개폐식 책장이 영석을 기다리고 있었다.

그리고 그 안에 든 것들은,

"우승……."

영석이 각종 대회에서 우승을 하며 받았던 상장과 트로피들이었다.

아직 십수 개에 불과했지만, 그 안에는 남들이 평생을 살면서 갖지 못할 것들이 포함되어 있었다.

아시안게임 금메달만 해도 세 개였고, 250, 500, 챌린저 등의 대회에서 받은 트로피들도 한가득이었다.

그리고 영석은 이 책장이 익숙했다.

'…….'

바로 전생에서도 이 책장 안에 수많은 트로피들을 전시했었기 때문이다.

"하아……."

감동일까, 아련함일까.

정체를 알 수 없는 감정의 소용돌이는 영석을 망부석(望夫石)으로 만들었다.

*   *   *

"아이고, 우리 아들!!"

부모님은, 특히 한민지는 집 안에 있는 영석을 보고 대경실색을 했다.

영석이 미리 알리지 않고 온 탓에 놀란 것이다.

"엄마……"

영석은 조용히 다가가서 한민지를 강하게 끌어안았다.

옆에 있던 이현우가 영석의 어깨를 토닥이며 나직하게, 그러나 걱정을 숨기지 못한 어조로 물었다.

"혹시 크게 다친 거 아니냐."

선수가 투어 중에 집에 돌아온다는 것이 어떤 의미인지 잘 파악하고 있는 질문이었다.

"괜찮아요. 한 2주면 다 나아요."

영석은 한민지를 안은 상태로 답했다.

그제야 안도의 한숨을 내쉰 이현우가 양팔을 넓게 벌려 두 사람을 끌어안았다.

"잘 왔다."

부모님과의 만남은 영석의 마음에 스펀지를 깔아두게끔 만들었다.

뾰족한 것들을 아무리 굴려도, 생채기가 생기지 않을 거라는 믿음이 생겼다.

마음이 폭신한 감각을 만끽하며, 영석은 쉬는 동안의 일정을 체크했다.

'이것도 일이야……'

1주일 정도 한국에 체류를 할 예정이었는데, 집에만 박혀 있을 수는 없는 노릇이었다.

그리고 가장 중요한 것은, 강춘수에게 보고(?)를 해야 한다는 사실이다.

"이 양반은 휴가를 줘도 못 즐겨……."

한국에서의 일정도 충실히 보필한다는 말을 들었을 때는 천하의 영석도 멍할 수밖에 없었다.

"춘수 씨는 쉬지도 않아요?"

"혹시 모를 불상사가 생길 것을 걱정하느니, 따라다니겠습니다."

"……."

슥슥―

잠시 회상을 하던 영석은, 수첩에 일정을 적어나가기 시작했다.

원치 않은 휴가였지만, 나름대로 정리를 하다 보니 빽빽하게 스케줄이 짜였다.

"이렇게 쉬는 것도 좋지."

손목이 조금 욱신거렸지만, 나름대로는 즐거운 맛이 있었다.

*　　　　*　　　　*

다음 날.

영석은 아침 일찍부터 일어나 오랜만에 모교(母校)로 향했다.

아직 졸업하지 않았기 때문에, 엄밀하게는 모교라 할 수 없지만 말이다.

"그러고 보니… 영석 선수는 대학 생활에 대한 동경은 없습니까?"

대한민국을 대표하는 대학.

상징적인 의미로 가득한 조형물을 저 멀리 앞두고 강춘수가 물었다.

"왜 아니겠어요. 제가 공부하는 걸 얼마나 좋아하는데."

담당 교수를 만나 축하의 말과 학생으로서의 미래 등을 논의한 후, 캠퍼스를 가로지르며 걷고 있는 영석은 약동하는 봄의 기운을 만끽하며 강춘수의 말에 답했다.

신입생, 복학생 할 것 없이 4월의 푸른 기운에 잔뜩 상기되어 있는 게 여실히 느껴졌다.

'물론, 여기는 한국대니까⋯⋯.'

안색이 시커멓게 죽은 학생들 또한 많았다.

남의 시선 따윈 중요치 않다는 듯, 트레이닝복 차림에 모자를 푹 눌러쓴 채 보기만 해도 숨이 막힐 것 같은 가방을 메고는 휘적휘적 걸어 다녔다.

그 모습 또한 청춘의 일부로 여겨진 영석은 산뜻한 미소를 얼굴에 화사하게 피웠다.

"⋯⋯."

강춘수는 영석의 그런 모습이 퍽 보기 좋았는지, 조용히 뒤따라 걷기만 했다.

"이건 좀 비쌀까요?"

영석이 만년필을 들고 고개를 갸웃거렸다.

—₩3,200,000

가격표가 눈부셨다.

정작 영석은 태연했지만 말이다.

"…괜찮을 것 같습니다."

핼쑥한 안색으로 강춘수가 답했다.

돌아다닌 지 거의 두 시간.

영석은 물 쓰듯 물건을 사재꼈다.

이미 사놓은 물건들이 폭발할 지경이라, 캐리어를 급히 사서 그 안에 물건들을 넣어놓는 진풍경이 벌어질 정도였다.

"흐음……."

종업원이 사람 좋은 미소를 지으며 영석의 선택을 기다렸다.

"혹시 이거 각인도 되나요?"

"네, 손님. 각인 가능하십니다."

누구에게 존댓말을 하는지 모를, 종업원의 이상한 화법을 한 귀로 흘리며, 영석이 그 자리에서 한 자루를 더 받아 메모지까지 작성해서 건넸다.

"최대한 빨리 보내주세요. 주소는 서울 강남……."

그러고는 강춘수에게 말했다.

"선물이에요. 혜수 씨 것도 같이. 늘 감사드려요."

"……!"

피곤한 와중에 그 말을 들은 강춘수의 눈이 화등잔만 하게 커진다.

영석은 낯간지러웠는지, 바로 몸을 돌리고는 귀금속 코너로 걸음을 옮겼다.

"…너무 많이 사신 건 아닌지 걱정입니다."

그 뒤로도 영석은 쇼핑을 한 시간 정도 더 했다.

챙겨줄 사람이 몇 없는데도 살 것들은 너무나 많았다.

오늘 쓴 돈만 해도 수천만 원에 달했으니 말이다.

"제가 돈 쓸 곳이 어디 있겠어요. 이렇게 주변분들 선물 사는
건 괜찮아요."

"……."

자신의 말에 묵묵부답인 강춘수를 보며 영석은 '설마' 하는 표
정을 지었다.

"상금 거의 다 쓴 거예요?"

적게는 몇천만 원부터 많게는 수억까지…….

영석이 참가하는 대회의 상금은 어마무시하다.

그것을 분산해서 관리하는 것은 강춘수가 전담하고 있었고,
강춘수는 한신 은행에게 관리를 맡긴 상태.

영석은 본인이 얼마를 갖고 있는지 잘 몰랐다.

"그건 아닙니다."

강춘수는 단호하게 고개를 젓고는 덧붙였다.

"제가 괜한 말씀을 드렸군요. 얼른 다음 목적지로 가시죠."

강춘수는 그리 말하고는 주차장 한편에 있는 차로 향했다.

*   *   *

"이모~~!!"

"영석아!"

영석이 병실 문을 열고 최영애에게 다가갔다.

미리 안내팀에게 연락을 받았던 최영애는 벌떡 일어나서 영석을 와락 안았다.

그러고는 영석의 얼굴을 쓰다듬었다.

하는 행동이 영락없이 '엄마' 같았다.

"외래 볼 시간에 와서 죄송해요."

"어쩐 일로 온 거야. 다쳤어? 너 온다는 소리에 얼마나 놀랐는지 몰라."

한차례 말을 쏟아낸 최영애의 시선이 붕대를 감아놓은 영석의 손목으로 향한다.

"인대가 좀……."

"에, 엑스레이! 얼른 찍으러 가자!"

"이미 다 받았어요. 괜찮아요, 이모."

두 눈 가득 황망함을 품은 최영애를 진정시키고 자리에 앉힌 영석이 머리를 긁적이며 품에서 예쁘게 포장된 상자를 꺼냈다.

"이거……. 엄마랑 같은 브랜드 걸로 사봤어요."

"어머……."

연속적인 놀라움에 정신을 못 차렸는지, 상자를 받아 든 최영애의 손이 바들바들 떨린다.

'……'

영석은 그 순간에도 최영애의 사무실을 훑어봤다.

앉아 있는 의자 뒤로 엄청나게 큰 사이즈로 현상된 사진 하나가 떡하니 장식되어 있었다.

최영애가 호주 오픈 우승컵을 한 팔로 끌어안고, 한 팔은 영석의 팔짱을 낀 사진이다.

괜히 콧잔등이 시큰해진 영석이 고갯짓으로 얼른 포장을 까보라고 종용했다.

바스락—

"……."

최영애는 상자 속에 수줍게 누워 있는 목걸이를 보며 말을 잇지 못했다.

그러고는 닭똥 같은 눈물을 주르륵 흘렀다.

"내가 너 때문에 산다, 정말……."

영석은 그런 최영애를 가볍게 끌어안았다.

영석의 눈에 〈부교수 최영애〉라는 명패에 쓰인 글씨가 시리게 꽂혔다.

'시간이 진짜 빠르구나.'

한밤.

영석은 자기 위해 침대에 누워 있었다.

하루에 한 번씩 시합을 해야 하는 투어 생활 중에는, 하루가 길고 짧다는 등의 개념 자체가 없었다. 세 끼를 꼬박 먹어야 하듯, 시합을 소화하는 나날에 상대적인 시간의 길이라는 잣대를 들이댈 수 없었기 때문이다.

그에 반해, 오늘은 정말 정신이 없었다.

학교, 쇼핑, 병원, 최영태의 아내인 이유리, 진희의 부모님… 그리고 집으로 귀가.

일정이 빠듯했다.

"부모님도… 좋아해 주셨고……."

이현우에게는 넥타이핀과, 정장 한 벌.

한민지에게는 목걸이와 구두.

그리고 두 사람이 같이 낄 반지 한 쌍까지.

영석의 종합선물세트(?)를 받은 부모님은 뭘 이런 걸 샀냐고 타박하면서도 한밤중에 착용해 보고, 코디를 맞춰보는 등 부산을 떨어댔었다.

"……."

그 모습을 떠올린 영석의 입가에 진득한 미소가 떠올랐다.

"좋구나, 좋아."

＊　　　　＊　　　　＊

"어김없는 한량이구먼."

부모님의 출근길을 배웅한 영석이 배를 긁적이며 차려진 밥을 먹고는 나갈 채비를 하기 시작했다.

오늘은 일정이 두 개밖에 없지만, 준비를 하는 영석의 동작은 어딘지 모르게 급해 보였다.

"오늘도 잘 부탁드립니다."

아직은 쌀쌀한 4월 날씨에, 옷을 잘 챙겨 입은 영석이 강춘수에게 고개를 꾸벅 숙였다.

'죄송하다'는 말보다는 훨씬 듣기 좋은 인사.

강춘수가 마주 고개를 숙이며 말했다.

"별말씀을. 어서 타시죠."

오늘의 첫 일정은 병원이었다.

외래환자가 없을 시기여서 가만히 있었어도 빨리 끝났을 테지만, 모든 절차는 최영애의 도움으로 인해 일사천리로 진행됐다.

"저쪽에 한번 가보죠."

물리치료를 마치고, 최영애와 함께 5분가량 담소를 나누고 나온 영석은, 강춘수에게 재활 병동으로 가보자고 권했다.

영석이 부상 당시, 진희를 따라다니느라 자세한 내막은 몰랐지만, 강춘수는 평소의 배려를 발휘하여 영석의 말을 따랐다.

"……."

복도에 발을 들이는 순간, 영석은 바람이 불어오는 것을 느꼈다.

정신에 작용하는 바람 말이다.

"그때 우승할 수 있었던 수많은 대회를 놓쳐서 아쉬운 것도 있지만… 그래도 여기 오니 기분이 좋네요."

수많은 관중 앞에서의 사투는 아니었지만, 영석 자신은 이곳에서 치열하게 시간을 보냈었다.

뻑뻑하게 굳어버린 다리 근육을 원래의 기능을 발휘하게끔 만드는 것은, 끔찍할 정도의 인내를 요구했었다.

"지나면, 뭔들 추억이 되지 않을까. 갑시다. 고마워요, 어울려 줘서."

"…가시죠."

영석은 미련 없이 등을 돌리고는, 앞으로 걸어갔다.

강춘수는 차분한 걸음으로 그 뒤를 따랐다.

*　　　　　*　　　　　*

오늘의 두 번째 목적지는 양평이었다.

대략 2시간 정도 소요되는, 상당히 먼 곳이었기 때문일까.

말수가 극히 적은 두 남자는 30분 정도 활발하게 수다를 떨더니 이내 어색한 침묵으로 일관하게 되었다.

물론, 30분 동안의 대화도 테니스 얘기 일색이었다.

이런 상황 자체가 낯설었다.

평소에도 충분히 공과 사가 뒤섞인 생활이었다고 생각했지만, 아무래도 완전히 사적인 영역에서는 서로가 어색했다.

"……."

"……."

그런 와중에 조수석에 앉아 있던 영석은 라디오를 선택했고, 둘은 그나마 수다스러운 소리를 배경 삼아 양평에 다다를 수 있었다. 창문을 열었더니 쇠똥 냄새가 구수하게 퍼져온다.

"어, 다 왔나 본데요?"

논밭을 배경으로 굽이굽이 펼쳐진 비포장 도로 위를 10분 남짓 달렸을까, 영석이 돌연 도착했다며 들뜨기 시작했다.

강춘수는 고개를 갸웃하며 답했다.

"아마 5분 정도는 더 들어가야 할 겁니다."

"아, 그래요?"

영석은 머쓱했는지 다시 의자에 몸을 파묻었다.

'이상하다. 분명 들린 거 같은데……'

강춘수의 말대로 5분 정도 더 있자, 그 '소리'가 선명하게 들려오기 시작했다.

팡, 팡!!

수십 년을 들었지만, 결코 질리지 않은… 공을 치는 소리.

그 소리가 들리자 영석은 싱글싱글 웃었다.

＊   ＊   ＊

코트 위는, 그야말로 온갖 소리의 향연이 펼쳐지는 무대다.

움직이는 것 하나에도 많은 소리가 들려온다.

비단 코트 바닥과의 마찰 소리뿐 아니라, 근육의 가닥가닥들이 비명을 지르는 소리, 거칠게 숨을 몰아쉬는 소리, 땀방울이 속눈썹에 맺히는 소리, 그 땀방울이 무거워져 바닥으로 떨어지는 소리…….

집중하면 집중할수록, 멀리 있는 소리는 사라지고 가까운 소리는 크게 변한다. 그 묘한 감각에 취해 정신없이 몸을 놀리다 보면, 이윽고 아무것도 들리지 않는 순간이 찾아온다.

그때가 그 선수의 온전한 실력을 엿볼 수 있는 순간이다.

"……"

안 들은 지 고작 이틀.

그럼에도 영석은 단번에 코트의 마력에 사로잡혔다.

멍하니 소리에 취해 있는 영석의 귓가로, 날카로운 소리 한 줄기가 날아와 꽂힌다.

끼릭—

"……!!"

끼릭, 끼릭—

"허억, 허억……."

사람의 발과는 전혀 다른 소리.

들을 때마다 살갗에 소름이 오돌토돌 돋는다.

그리우면서도 듣기 싫은, 영석의 '인생'을 가득 채웠던 소리.

그 소리에 영석은 정신을 차렸다.

'…….'

자신의 몸만 한, 팔(八)자로 세워진 바퀴 두 개를 이끌고 태수
는 연신 팔을 놀렸다.

두 눈에는 다 잡아먹겠다는 불굴의 의지가 넘실거리며 사방
으로 불똥을 튀겨댔다.

'태수…….'

꼬맹이가 혼신을 다하고 있다는 게, 영석의 가슴을 강하게 때
린다.

늘 침착하고 냉정한 편이지만, 이렇게 태수를 보게 될 때마다
자신의 모습이 떠올라 감정의 파도가 쉼 없이 몰아치는 것을 조
절할 수 없었다.

끼릭—

투 바운드 규정에서는, 공이 머무를 타점을 찾는 게 상당히
어렵다.

하지만 태수는 공을 칠 수 있는 곳에 여유롭게 가서 미리 자

리를 잡는다.

몸이 말을 안 듣는 상태에서의 거리 감각은, 컴퓨터를 방불케 한다.

그 첨예한 계산에 퍼뜩 놀란 영석의 입가에 초승달 같은 미소가 어린다.

'제법이야.'

펑!!

작은 체구에서 폭발적인 소리가 터진다.

쉬익—

총알 같은 소리가 이어지고, 상대는 따라잡지 못하고 열심히 놀리던 팔을 멈춘다.

"아자!!!"

태수는 마치 게임을 이긴 듯, 양팔을 펄떡 세우고는 마음껏 소리를 질러댔다.

"태수야."

"…어? 형?!"

끼릭—

태수는 영석의 부름에 화들짝 놀라고는, 이내 얼굴 가득 미소를 그렸다.

"조금만 기다려! 좀 있음 시합 끝나!"

태수는 활기차게 팔을 흔들고, 큰 바퀴를 힘차게 굴렸다.

돌돌—

뒤쪽으로 두 개, 앞에 한 개 달린 보조 바퀴가 부드러운 주행을 돕는다.

"잘 지냈어?"

영석이 한쪽 무릎을 꿇어 눈높이를 맞추고는, 태수의 머리를 쓰다듬었다.

태수는 거부감 없이 그 손길을 받아들였다.

고작 몇 달 안 봤을 뿐이지만, 이 꼬맹이는 그새 더 성숙해진 것 같았다.

"응! 형, 어쩐 일이야? 곧 프랑스 오픈 아니야?"

맹랑하게도 스케줄까지 줄줄 꿰고 있는 태수의 모습이 퍽 사랑스러웠는지, 영석의 입가에는 웃음이 떠날 줄을 몰랐다.

"조금 쉬러 왔어. 곧 갈 거야. 오늘은… 주고 싶은 게 있어서 갖고 왔지. 잠깐만 기다려."

영석이 잠시 부스럭대며 가방에서 뭔가를 꺼내는 동안, 끼릭끼릭 소리를 내며 한 소녀가 빠르게 다가왔다.

"오빠! 안녕하세요!"

당차게 인사를 했지만, 부끄러워하는 기색이 역력한 소녀는 바로 이나래였다.

"오, 나래 안녕? 어디 아픈 데 없지?"

영석이 눈웃음을 지으며 인사를 받자, 이나래는 숨이 막히는 듯 켁켁거리더니 태수의 뒤로 도망갔다. 여전히 영문을 모를 아이다.

"짜잔!"

"오오……!!"

영석이 민망한 소리를 군이 입으로 내뱉으며 꺼내 든 것은 라켓 열 자루 정도와 테니스 웨어였다. 그것도 상당한 고가의 장비들.

아이들은 두 눈에 별을 띄워대며 영석이 내민 것들을 품에 안았다.

"이건 태수 네가 쓸 것……. 이건 나래가 쓸 거……. 일단 1이라는 스티커가 붙은 것부터 쓰기 시작하고, 조금씩 가벼워졌다 싶으면 2로… 그다음은 3을 쓰면 돼."

영석이 하나하나 설명을 해주며 물건들을 건네자 아이들의 입이 더 이상 위로 올라갈 수 없을 정도로 치솟았다.

기쁜 감정을 여과 없이 드러내는 그 순수한 모습에 영석의 마음도 덩달아 가벼워졌다.

"늘 이렇게 지원을 해주시니… 제가 어떻게 감사를 드려야 할지……."

태수의 모친은 영석에게 조심스럽게 말을 건넸다.

거친(?) 첫 만남이 떠올라 영석은 빙글 웃었다.

"감사는요. 저 애들이 잘하는 모습을 봐야죠. 그걸 볼 수 있다면, 전 됐어요."

"그래도… 한두 푼 하는 것들도 아닌데……."

태수의 모친은 여전히 조심스러웠다.

그럴 만도 하다.

영석과 진희가 의족은 물론이고, 테니스 전용 휠체어까지 전부 무상으로 지원하고 있었기 때문이다.

그뿐인가.

코치는 물론이고, 장애인 스포츠를 연구하는 기관을 포함하여 인력 또한 아낌없이 퍼부었다.

"정말 괜찮아요. 좋아서 하는 건데요, 뭐."

영석은 연신 머리를 긁적이며 겸양을 보였다.

끼릭—

부서지는 햇살을 한가득 끌어안고, 태수와 나래가 힘차게 팔을 놀리는 모습이 영석의 마음을 풍요롭게 만들었다.

그 뒤로도 아이들의 코치들에게 보고 아닌 보고를 받은 영석은 아이들과 헤어져 다시 집으로 돌아왔다.

"좋아."

자신이 찍은 아이들의 모습을 사진으로 감상하며, 영석은 차오르는 행복감을 충실히 느꼈다.

단내 풍기는 퍽퍽한 입에, 몇 줄기 시원한 물을 머금은 기분이었다.

$*$ $*$ $*$

"잘 지내셨죠?"

영석이 여유 있는 미소를 머금고 손을 건넸다.

다치지 않은 왼손을 건네서 당황할 법도 하지만, 상대는 잠시의 지체도 없이 왼손을 뻗어 영석의 손을 붙잡았다.

"우승 축하드립니다! 호주 오픈 때는 제가 라이브로 봤습니다. 어찌나 재밌던지……. 저도 모르게 라켓을 사버렸지 뭡니까."

영석의 손을 마주 잡은 사람은 바로 물리치료사 이창진이었다.

굳게 맞잡은 손에서 단단한 신뢰를 느낄 수 있었다.

'재활……'

며칠 동안의 유유자적한 생활은 끝이 났다.

자신의 몸을 결코 허투루 다루지 않는 영석은, 사소한 인대 부상이어도 병원을 찾았다. 영애는 이번에도 자신이 신뢰하는 이창진을 추천했고, 영석은 쾌히 그 제안을 받아들였다.

"오늘부터 잘 부탁드려요."

"다리 때보다는 훨씬 편하실 겁니다."

이창진의 말에 영석은 빙긋 웃었다.

때에 따라 거창할 수도, 소박할 수도 있는 '재활'.

하지만 이번에는 그리 심각한 상황이 아니어서, 제법 여유가 있었다.

그 후의 일상은 단조로우면서도 풍요로웠다.

아침에는 일찍 일어나 부모님과 함께 밥을 먹고 바로 병원에 가서 재활 치료를 한다.

손목에 걸리는 부하를 조금씩 늘려가며 근육과 인대의 정상화를 꾀하는 것인데, 다리에 비해서 안 아플 뿐이었지, 상당한 고통을 수반하는 과정이었다.

그 과정이 끝나면, 영석은 병원 근처에서 최영애와 점심을 함께 먹었다. 최영애는 영석이 한국에 머무는 동안, 얼굴빛이 하루가 다르게 좋아지고 있었다. 자식 같은 영석의 건강을 자주 돌볼 수 있게 됐기 때문이다.

최영애와의 식사가 끝나면, 영석은 바로 손목에 보호대를 끼고는, 체육관으로 향한다.

그곳에서는 오른손을 제외한 모든 신체의 감각을 예리하게 갈고닦는다.

—근육의 부피가 커지면 안 된다.

라는 절대적인 명제를 지키기 위해, 단시간이지만 전문적인 트레이너까지 고용한 상태였다.

몇 시간 동안 온몸을 혹사하고 나서는, 코트에 가서 가볍게 몸을 푼다.

흔치 않은 '진짜 클레이' 코트를 수소문해서, 비용을 지불하고 코트 한 면을 매일매일 2, 3시간씩 차지한다.

물론, 라켓은 휘두르지 않는다. 하나부터 열까지 스텝을 위한 훈련이었다.

풍부한 영석의 상상력은, 이 훈련만으로 시합을 하는 것과 다름없는 효과를 얻게끔 만들었다.

그렇게 하루 종일 몸을 움직여 녹초가 된 영석을 기다리고 있는 것은 대인원과 함께하는 저녁 식사였다.

영석의 부모님은 물론이고, 진희의 부모님, 이유리와 그 딸 최승연까지 함께 어울려 여기저기 맛집을 돌아다닌다.

대한민국에 맛있는 음식이 이렇게 많은지, 영석은 매일매일 놀라곤 했다.

그리고 중간중간에 들려오는 놀라운 소식은 계속해서 영석의 마음을 들뜨게 했다.

―몇 개를 우승했는지 모르겠어.

"뭐? 하하하……"

진희의 능글맞음은 시간이 흐를수록 심화되었다.

말은 쉽게 하지만, 몸은 녹초가 돼서 절인 배추처럼 축 늘어져 있는 모습이 선했다.

'대단해.'

진희는 호주 오픈 준우승 이후로, 참가하는 모든 대회에서 우승컵을 들어 올리며, '킴 신드롬'을 일으키고 있었다. 랭킹 또한 훌쩍 뛰어서 1위인 세레나 윌리엄스를 바짝 쫓고 있는 상태였다.

거의 대부분의 대회에서 세레나를 직접 격침시켰기 때문이다.

"이러다가 곧 1위 찍는 거 아냐?"

―아직은… 프랑스 오픈이 관건이지. 그때까지는 아무리 이겨도 이긴 것 같지가 않아.

많이 이겼다지만, 이제야 상대 전적이 비슷했다.

세레나를 제외하고는 모든 선수를 상대로 승률이 70%가 넘는 환상적인 기록을 쌓아가고 있지만 말이다.

―언제 비행기 탈 거야?

"…음. 5월 되면 바로 출발하려고. 내가 폴란드 갈게. 잠깐이라도 얼굴 봐야지."

―아, 정말?

진희의 목소리가 한껏 들뜬다.

이탈리아 로마에서의 대회는 겹치지만, 영석의 일정은 5월 5일~5월 11일이고, 진희의 일정은 5월 12일~5월 17일이다. ATP와

WTA의 일정이 완전히 겹치지는 않는 것. 영석은 5월 12일에는 함부르크에서 열리는 대회에 바로 가야 한다.

'하여튼 구시대라니까.'

속으로 구시렁거린 영석은 그 뒤로 진희와 대화를 이어나 갔다.

다음으로 반가운 소식은 이재림에게서 들려왔다.

바르셀로나에서 염원하던 ATP 첫 우승을 이루었다는 소식이 었다.

"녀석……."

아무도 없이 혼자 이뤄낸 이재림의 성과에 영석은 좋은 기분 과 함께 약간의 조바심이 꿀렁거리는 것을 느꼈다.

그렇게 하루하루를 밀도 높게 보내자 시간은 쏜살같이 흘러 어느덧, 5월로 향한 지도 이틀이 지났다.

*   *   *

"다녀올게요."

또다시 많은 사람들의 배웅을 받게 된 영석이 머쓱한지 머리 를 연신 긁적였다.

너무나 황송할 정도의 환대에 몸 둘 바를 모르는 것이다.

"다치지 마라."

"밥 잘 먹고 다녀. 우승에 너무 욕심 부리지 말고."

…….

…….

그렇게 인사를 받은 영석은 보무도 당차게 비행기에 올랐다.

이번의 휴식기는, 짧았지만 굵었고… 굉장히 풍요로웠다.

"……."

마음과 함께 시큰거리던 손목은, 어느새 멀쩡해진 상태다.

Chapter 68

Rome Masters

공허하고 불안한 마음이 많이 해소되었기 때문일까.

영석은 거뜬한 마음으로 단편소설들을 읽으며 가볍게 심신을 점검하는 시간을 가졌다.

심연의 우주 같은, 머릿속을 마구 휘젓는 듯한 감동과 깨달음은 없지만, 위트와 유머로 가득한 활자들이 영석의 어깨를 들썩이게 만들었다.

'너무 편한데?'

1등석.

언젠가부터 강춘수는 1등석만을 고집했다.

키가 큰 영석이 이코노미석에 앉으면 무릎 부분이 앞좌석에 짓눌리게 되는, 상당히 고통스러운 상황이 연출되기 때문이다.

시차에 대한 피로감만 잘 다스린다면, 비행시간은 곧 휴식 시간과 다름없었다.

"영석아~!!!"

공항에 내려서 찌뿌둥한 몸을 가볍게 풀고 게이트를 나서자마자 큰 목소리가 들려온다.

잊을 수 없는 음색, 진희의 목소리였다.

휙!

영석이 손을 번쩍 들고는 진희를 찾았다.

남녀 할 것 없이 모여든 군중들 중에 키가 가장 큰 진희는, 단박에 눈에 들어왔다.

클레이 시즌에 접어들면서 살짝 탔지만, 여전히 흰 살결에 상큼한 느낌을 주는 외모는 많은 이들의 시선을 잡아끌었다.

"진희야!!"

탁, 탁.

돌돌돌…….

영석의 바쁜 마음을 알았을까, 캐리어도 함께 숨 가쁘게 달리기 시작했다.

와락—

늘 붙어 다녔던 습관 때문인지, 서로가 없는 공허함을 견디기 힘들었던 것일까.

두 사람은 가타부타 말도 없이 서로를 꽉 안고는 주변의 시선을 개의치 않고, 이내 길게 입을 맞췄다.

J&S Cup.

폴란드의 수도 바르샤바에서 열리는 이 대회는 티어 III에 해당하는, 총상금 60만 달러의 작은(?) 대회다.

"1번 시드?"

"응, 세레나가 참가 안 해서……."

세계 랭킹 2위에 빛나는 진희는, 4위에 자리하고 있는 비너스 윌리엄스를 밀어내며 1번 시드를 획득했고, 5월 2일 현재 SF(4강)을 앞두고 있는 상태였다.

"기억에 남는 선수는 없었고?"

어릴 때처럼, 안기다시피 찰싹 달라붙어 있는 진희의 사랑스러움에 영석은 연신 웃음을 흘리며 말을 이어갔다.

"한투코바! 예전에도 봤었던 거 같은데… 진짜 예쁘더라. 위기의식을 느꼈어……."

한투코바라면, '메이저 단식 우승 한 번만 있었다면, 샤라포바의 인기를 우습게 따돌렸을 것'이라는 평가를 받을 정도로 미인 테니스 선수였다.

평소에 외모에 대해 별로 관심을 표하지 않았던 진희의 말에 영석은 신기한 기분을 느꼈다.

그러면서도 입은 자동으로 주절댔다.

"저번에 봤을 땐 별로던데. 네가 더 낫지."

"정말?"

더 말해 무엇 하냐는 듯이 영석이 진중하게 고개를 끄덕이자 진희가 파안대소를 하며 영석의 볼을 꼬집었다.

"아주 마음에 드는 말만 쏙쏙하네?"

그 후로도 둘은 깨소금이 떨어지게 다정한 분위기를 연출했다.

숙소에 이르기까지, 운전석과 조수석에 앉아 있는 강춘수와 강혜수는 차에서 아무런 말을 나누지 못했다.

이 작은 대회는, 그야말로 진희를 위한 무대였다.

4강에서 만난 상대는, 키는 1.7미터 정도로 작은(?) 편이었지만, 제법 단단해 보이는 어깨가 인상적인 선수였다.

시합이 시작되기 전, 가볍게 몸을 푸는 과정에서 드러난 상대의 특기는 '파워 테니스'.

전형적인 WTA의 트렌드였다. 화려한 발재간과 묵직한 톱스핀은 옵션처럼 따라붙어서, 클레이 코트에 맞춤해 보였다.

하지만 1세트가 시작되고 상대적으로 빈약해 보였던 진희는, 놀랄 정도의 퍼포먼스를 구사했다.

손목의 감각이 얼마나 뛰어난지, 높게 튀어 오르는 공을 '아무 타점'에서나 처리하며, 타이밍을 교란시키기 시작했다. 라이징을 주특기로 삼았던 다테 키미코가 우스울 정도의 대단한 손놀림.

그렇게 타이밍을 교란시켜서 자신이 공격할 수 있는 타이밍을 잡게 되면, 진희의 온몸은 바이올리니스트처럼 수려하고 미려하게 온갖 기술의 향연을 쏟아냈다.

6 : 2.

1세트를 압도적인 스코어로 짓뭉개는 과정은 너무나 일방적이어서, 상대에게 동정심이 들 정도였다.

'어디에서도 플레이가 한결같구나. 아니, 오히려 클레이는 탄력성이 큰 만큼, 진희에게 많은 시간을 주고 있어.'

공이 높게 튀어 오르는 건, 진희에겐 좋은 찬스에 불과했다.

모자란 공격력을 보완하기 위해 치열하게 훈련해 온 진희는, 현대 테니스의 정점에 올라 있는 세레나를 상대로도 능란하게 자신의 스타일을 유지할 수 있을 정도로 수준 높은 테니스를 구사할 수 있게 된 것이다.

"불쌍하군."

영석이 입 밖으로 상대에 대한 애도를 표했다.

땅을 노려보며 분노에 치를 떨고 있는 모습은, 정말이지 너무나 처연했다.

그리고……

6 : 1.

진희는 2세트에 들어서 더 화려한 몸놀림을 선보이며, 상대를 절망시켰다.

2세트 중반부터는 상대도 포기했는지, 거의 저항을 하지 못했다.

진희를 힘과 스피드로 밀어붙이려면, 세레나 정도는 되어야 가능한 일이란 걸 다시금 테니스 팬들에게 각인시킨 셈이다.

"게임 셋, 매치 원 바이……"

심판의 선언과 함께 진희는 양팔을 번쩍 들어 환호했다.

*   *   *

"에헴! 봤지?"

어린아이처럼, 괜한 자부심을 드러낸 진희는 피곤한 와중에도 영석을 마중하러 갔다.

그래봐야 폴란드에서 이탈리아로 가는 길이라, 한국에서 출발할 때와 비교하면 그리 멀지 않은데도 말이다.

"그래. 아주 최강이던데? 이제 우리 진희를 누가 이길 수 있을까."

영석은 넉살 좋게 진희의 어리광을 받아줬다.

꼭—

진희는 자신의 머리를 쓰다듬고 있는 영석의 손을 쥐고는 걱정을 담아 물었다.

"이제 안 아픈 거지?"

"최영애 선생님의 보증을 받은 손목이야. 괜찮아."

끈기와 인내는 짧은 시간에도 빛날 수 있다는 것을 재활 기간 동안 보여준 영석은, 손목을 가볍게 휙휙 돌리며 진희의 걱정을 가라앉혔다.

실전에서의 적응까지는 무리였지만, 적어도 의학적으로는 완벽하게 문제가 없는 상태였다.

"그래도 무리하지 마."

"응. 너도 다치지 말고, 남은 경기 잘해."

영석은 말이 끝남과 동시에 진희의 이마에 입을 맞췄다.

입술이 닿을 때는 눈을 감고, 입술이 떨어지자 눈을 뜨는 진희의 모습이 귀여우면서도 어딘지 모르게 애처로웠다. 아마도 영석을 걱정하고 있다는 것이 눈빛에 가득했기 때문일 것이다.

"곧 보자."

또다시 시작된 잠시간의 헤어짐.

그러나 지금은 기분이 퍽 좋았다.

　　　　*　　　　　*　　　　　*

　이탈리아 로마.

　"이영석~!!"

　멀리서 들려오는 목소리에 영석이 피식 웃었다.

　진희 때와는 달리 굵디굵은 목소리, 이재림이었다.

　'공항마다 반겨주는 사람이 있는 것도 신기하네.'

　이번에는 차분히 걸음을 옮겼다. 캐리어는 안도의 한숨을 쉬고는 천천히 바퀴를 굴려댔다.

　로마(Rome).

　이견의 여지가 없는, 세계 최고의 관광 명소 중 한 곳인 이곳의 풍경은, 많은 경험을 보유하고 있는 영석에게도 신선한 충격을 주었다.

　다양한 유럽 국가의 유명 도시가 그러하듯, 로마 또한 오랜 역사를 자랑하는 이탈리아 문화의 중심지이다.

　고대부터 르네상스, 바로크 시대에 이르기까지, 다양한 양식의 문화유산을 보유하고 있는 이 도시는, 상당히 미려했다. 눈에 닿는 모든 것이 하나하나의 '작품'이라고 느껴질 정도.

　찰칵—

　찰칵, 찰칵!

　영석은 정신없이 셔터를 눌러댔다.

　방정맞은 그 몸놀림에, 이재림이 한심하다는 듯 타박했다. 평소 이 둘의 역학 관계를 따져봤을 때, 굉장히 드문 일이었다.

"앞으로 10년도 더 넘게 올 곳인데, 뭐 하러 찍어. 너답지 않게."

"......"

이재림의 말에 영석이 고개를 갸웃했다.

찍으면서도 두 눈으로 보는 것보다 못하다는 생각을 하던 차였기 때문에 솔깃한 것이다.

'확실히 예쁘긴 해도, '기억하고 싶은 순간'은 아니지.'

차라리 자신의 방에 있는 액자들이 더 귀하고 늘 기억에 담아 두고 싶다.

스윽─

영석이 카메라를 주머니에 넣자, 오히려 이재림이 당황한 눈치다.

영석은 그런 이재림의 등을 툭 치고는 말했다.

"가자."

*   *   *

이형택과 이재림, 박정훈까지.

반가운 얼굴들이 다 모여 있었다.

모두가 영석의 부상을 걱정한 듯, 한 마디씩 염려를 전했고, 영석은 빙글빙글 웃으며 괜찮은 상태라고 답해주었다.

그러고는 이재림에게 말을 걸었다.

승전보를 올린 바르셀로나에서부터 얼마나 좋은 분위기를 이어오고 있는지 궁금했다.

"…이번엔 어디까지 갔냐."

"결승."

"…잘했다."

고개를 끄덕이며 영석은 안도했다.

대회의 규모와 상관없이, 꾸준히 입상을 하고 있다는 사실 자체가 굉장히 중요하다는 것을 알고 있기 때문이다.

그 후에 펼쳐진 이형택, 이재림과의 가벼운 연습 시합에서, 영석은 자신의 손목이 완전히 제 기능을 찾아가고 있다는 것을 확신했다.

'문제는, 감각이지.'

오른손에 한정한다면, 단적으로는 토스를 예로 들 수 있다.

높이, 각도, 방향……

서브를 위한 사전 동작 중 가장 중요한 항목으로 평가받는 토스에서, 오른손의 감각은 대단히 중요한 역할을 한다.

'시합도 오랫동안 안 했고.'

약 보름 동안 시합을 하지 않았다는 것.

굉장히 가볍게 치부될 수 있는 부분이지만, 투어를 돌고 있는 선수에게는 제법 크게 걱정해야 할 문제였다. 실전 감각이라는 것은, 하루를 쉬면 정확히 하루치만큼의 예리함을 잃게 마련이기 때문이다.

"모든 것은, 시합을 해봐야 알지."

평소와는 굉장히 대조되게, 영석은 대전표에는 큰 관심을 두지 않았다.

지금은 '상대가 누구인가'보다 '내가 어느 상태인가'를 파악하는 것이 더 중요했다.

조용히 누워 눈을 감은 영석은 내일을 기대하며 잠을 청했다.

Rome masters.

2003년 현재의 정확한 명칭은 Telecom Italia Masters다.

5월 5일이 되자, 이탈리아 로마는 들끓기 시작했다.

60년이라는 긴 세월 동안 이 대회를 유치했다는 것은, 그만큼 전 세계 테니스 팬의 관심이 지대하다는 것.

단숨에 축제 분위기로 전환되는 것 또한 무리는 아니었다.

"흐음……."

이번에 영석이 받은 시드는 1번.

짧은 휴식기를 가지는 동안에도, 세계 랭킹은 크게 변하지 않았다.

영석의 이름 아래로 애거시, 페레로, 모야, 페더러, 로딕, 지리노박, 스리차판 등… 쟁쟁한 선수들의 이름이 쭉 나열되어 있었다.

"언제 봐도 기분이 좋단 말이지."

정작 영석은 큰 관심이 없었지만, 박정훈은 대전표를 보며 연신 웃음을 지었다.

"…그렇게 좋아요?"

"그럼! 네 이름 아래로 대선수들의 이름이 놓여 있는데, 얼마나 기분이 좋아."

"……."

영석은 피식 웃고는 1회전 상대를 떠올렸다.

David Ferrer.

다비덴코와 함께 '꾸준함'이라는 항목을 대표하는 다비드 페러는 일전에 오클랜드 오픈 결승에서 영석과 맞붙었던 전적이 있는 선수다.

'그때는 쉽게 이겼지……'

클레이에서는 어떨지 모른다.

실제로 페러는 빠른 발과, 안정적인 그라운드 스트로크를 무기로, ATP를 10년 넘게 종횡무진'할' 선수. 랭킹은 다비덴코에 비할 바 없이 높은 4, 5위권이었다.

영석 또한 질리도록 이 선수의 영상을 볼 수밖에 없었다. 어지간한 대회의 입상권에는 늘 이 선수가 있기 때문이었다.

덧붙여, 회귀 후에 한 번 만났던 경험도 있으니, 더더욱 잘 알 수밖에 없었다.

'딱 좋아.'

지금의 자신을 체크하기에는 더없이 훌륭한 조건을 가진 선수라고 느낀 영석은 곧 있으면 시작될 1라운드에 대한 기대감을 키웠다.

*   *   *

1세트 중반.

다비드 페러라는 선수의 특징을 잘 알고 있는 영석이 기대했듯, 경기는 다소 루즈하게 흘러갔다.

서로가 서로에게 치명적인 일격을 가하지 못하고, 견제를 하기 위한 공만 뿌리고 있는 것처럼 보였다.

"으읍!"

영석이 높게 떠오른 공을 그대로 찍어 눌렀다.

쾅!!

강맹한 위력을 품은 공은 심상찮은 파공음을 내며 베이스라인에 딱 붙은 구석을 향해 자신의 몸을 찔러 들어갔다.

'얕아.'

이 정도로 있는 힘껏 공을 쳤으면, 클레이든 아니든 공격적으로 향후 전개를 끌어가는 것이 영석의 평소 모습이건만, 영석은 지금 베이스라인에 다리를 묶어뒀다.

"끄응!"

펑!

페러가 공을 쫓아가 간신히 튕겨낸다.

휙~ 퉁!

바닥을 찍은 공이 먹음직스럽게 둥실 튕겨 오른다.

"흡!"

쾅!!!

입을 앙다문 영석은 다시 한 번 그 공을 향해 섬전처럼 팔을 휘둘렀다.

방금 전의 얕았던 샷과는 달리, 공격의 의지를 가득 품고 있는 사나운 공.

쉬익— 쿵.

"아웃!!"

부심이 수신호를 하며 영석의 공에 아웃 판정을 내렸다.

"후우……."

그제야 가슴에 담아뒀던 숨을 내뱉은 영석이 신발에 낀 흙을 털어내고는 방금 전의 포인트를 복기했다.

'공 한 개 정도만큼 나갔어.'

눈에 보이는 몸의 기능은 전혀 문제가 없었다.

다만 '감각'이라는, 매우 추상적이고도 오묘한 영역의 것이 문제를 일으키고 있었다.

'무게라도 잴 수 있으면 얼마나 좋을까.'

마치 악기의 음을 조율하는 조율사처럼, 영석은 머리끝부터 발끝까지 자신을 체크하고 있었다.

조율의 영역은 방대했다. 그리고 하나하나의 샷을 모두 기억해 두고, 그 포인트의 승패를 염두에 두지 않고 모조리 다 활용하여 자신의 몸에 적용시키는 과정을 겪고 있었다.

이번 마지막 포핸드 스트로크는 '어느 정도'인지는 모르지만, 팔에 힘이 조금 넘쳐서 아웃이 되고 말았다.

평소였으면 라인 위를 타고 놀았을 상황이고, 그 공은 공격의 시발점이 됐을 터였다.

'이번 한 시합으로 회복이 될까?'

문제는 종합적으로 발생하고 있었다.

몸과 팔의 조화가 미세하게 틀어져 있는 것이다.

테니스는 전신을 활용한 스포츠.

측정하기 힘들 정도로 미세한 영역에서의 타이밍이 유기적으로 딱딱 들어맞아야 그 선수의 기량을 제대로 뽑어낼 수 있었다.

시합은, 한계에 가까운 움직임을 계속 보이면서도 그처럼 세밀한 영역의 조율이 완벽하게 들어맞아야 이길 수 있었다.

"어쩔 수 없는 노릇이지만, 막상 이렇게 몰리니까 좀 싫은데……."

문제는 그라운드 스트로크에서만 일어나지 않았다.

당초 염려한 대로, 실전에 들어가자 토스의 감각도 살짝 흐트러져 있었다.

다행히 서브는 '급격하게 움직이지 않으면서 치는' 것이기 때문에 생각만큼의 범실은 나오지 않았다.

당연히 평소에 비하면 아쉬운 수준이지만, 속도와 위력, 코스까지… 제법 그럭저럭 나오고 있는 상황이다.

퍼스트 서브 성공률 68%.

더블폴트 1개.

서브는 언제나 그랬듯, 영석이 어떠한 상황에 처해도 든든한 보험이 돼주고 있었다.

어떤 상황이 되어도, 최소한의 기본은 깔아주고 있다.

'눈에서 레이저 나오겠어.'

영석이 힐끔 페러를 보고는 등을 돌려 피식 웃었다.

페러는 기세등등했다.

"……."

오클랜드 결승에서의 패배는, 그에게 끔찍한 기억이었다.

이제 10대인 소년이 보이는 퍼포먼스는 모든 면에서 완벽하게

만 보였었기 때문이다.

당시는 물론이고, 앞으로도 이길 가능성 따윈 찾아보기 힘들다고 체념할 정도.

세계의 벽에 언제고 맞부딪힐 거란 것은 마음 깊숙이 다짐에 다짐을 거듭한 상태였지만, 그날의 패배는 선수 생활에 대한 회의감까지 불러일으켰다.

—재능이 달라, 재능이.

누군가에겐 엄연한 현실, 누군가에겐 허울 좋은 변명거리.

범인(凡人)들은 모르지만, '프로'라는 거창한 이름을 달고 있는 수재(秀才)들은 잘 안다. 이 바닥에서 재능이 차지하는 부분이 어느 정도인지를.

만약 그 재능이 '종이 한 장' 따위가 아닌, '한 차원'의 영역이라면… 그 누구도 절망할 수밖에 없는 것이다.

그렇게 낙담한 페러에게 이번 로마 마스터스는 천운의 기회였다.

클레이에서 고전 아닌 고전을 거듭하고 있는 영석이 경미한 부상으로 몇몇 대회를 불참했었다는 것은 유명했고, 그 복귀전이 초미의 관심사라는 것 또한 알 만한 사람들은 다 알고 있는 사실이었다.

그리고…….

1회전에서 만난 이 천재적인 소년은, 모두의 기대와 우려를 반영하듯, 조금 무뎌진 상태였다.

—이거라면! 뚫어봄 직해!

비록 본인이 잘해서 앞서가고 있는 것은 아니지만, 시합은 시합.

기세는 분명히 자신에게 기울고 있다는 것을 예민하게 캐치한 페러는 희망의 크기를 점점 키워가고 있는 중이었다.

'일단, 1세트는 감각의 날을 벼르는 것으로 초점을 잡자.'

자칫하면 1세트를 내줄 수도 있는 상황.

휴가 덕분일까.

평소였으면 심각했을 이 상황을, 영석은 가볍게 받아들였다.

*　　　*　　　*

스코어 4 : 5.

페러가 한 게임 앞서가는 가운데, 게임은 점점 템포가 빨라지고 있었다.

조금씩 타이밍과 감각 등의 영역에서 조율을 하고 있는 영석은 지금껏 겪어보지 못한 일들을 겪고 있었다.

쾅!!

백핸드가 강렬하게 터진다.

팅—

하는 머릿속에서 울리는 소리와 함께, 정확하게 규명은 못 하겠지만, 무엇인가 하나가 정확하게 들어맞았음이 느껴졌다.

세계가 느려지는 것 같은 미지의 초능력이 아닌, '몸의 느낌'이었다.

'공의 1/3 정도만 라인에 걸쳐서 아슬아슬하게 인.'

쉭— 쿵!

펑!

공이 찍히고, 페러는 그 공을 허리를 확 숙여 걷어냈다.

영석의 공은, 본인의 예상과는 달리 완벽하게 라인 위로 떨어졌다.

다소 얕게 들어간 셈.

하나만 맞아떨어진 탓이다.

멀리서도 감각적으로 자신의 공이 떨어진 곳을 가늠한 영석은 둥실 떠서 날아오는 공을 향해 뛰어갔다.

휙—

가볍게 도약하자, 거구가 훌쩍 날아오른다.

휘릭—

어깨에 한가득 힘이 쏠린 것을 느낀 영석은, 공중에서 허우적대듯 몸을 꿈틀거리고는 거력을 해방시켰다.

쾅!!!

네트 앞에서 펼쳐진 공중 스매시.

코스를 따지고 들 수 없는 영역의, 탄환 같은 공이 오픈 스페이스를 완벽하게 훑으며 흙먼지를 피워 올렸다.

"…좋아."

누구에게도 들리지 않을, 자그마한 포효를 통해 영석은 자신감 한 조각을 획득한 기쁨을 만끽했다.

하늘이 내린 재능.

모든 부분에서 남들보다 우월하다.

범인과의 비교는 불허하고, 비슷한 수준의 세계에서도 우열을 가린다.

미세하게 빠르고, 조금 더 정확하다.

―천재(天才)라는 것은 실제로 존재하는 것일까.

다비드 페러에게 영석은 다시 한 번 절망으로 작용하고 있었다.

7 : 5.

다소 루즈했던 경기 중반까지와는 달리, 페러가 한발 앞선 순간부터 양상은 바뀌었다.

조금씩 세밀하게, 그리고 빠르게 몸을 움직일 수 있게 된 영석은 가히 믿어지지 않는 적응 속도로 평소와의 간극을 빠르게 좁혀 나갔다.

그리고 그 결과, 힘들게만 보였던 역전극을 1세트에서 펼치며 완전히 부활했음을 증명했다.

'라켓이 남아나려나…….'

벤치에 앉아 쓸쓸하게 새 라켓을 꺼내는 페러의 모습에서 1세트 종반의 모습이 오버랩되었다.

쾅!!

펑!!

펑!!

수비적인 성향의 페러, 여러 가지 이유로 공격성을 발휘하지 못하는 영석.

둘의 랠리는 여전히 길었지만, 코트 위에 있는 두 선수는 미세하게 변화하고 있는 양상을 여실히 느낄 수 있었다.

촤아앗! 촤아악!

영석은 조금씩, 아주 조금씩 공간을 예리하게 잘라내고 있었다.

자신이 움직이는 공간의 낭비를 없애고, 자신이 공을 보내는 곳의 공간을 야금야금 갉아먹는 것이다.

"흡!"

쾅!

페러는 베이스라인의 양 끝을 쉴 새 없이 왕복하며 팔을 휘둘러 댔다.

아주 인상적인 것은 페러의 그라운드 스트로크 자세인데, 포핸드 백핸드 할 것 없이 모두 몸이 정면을 향해 열려 있었다. 심지어 투 핸드 백핸드에서는, 팔로스윙조차 제대로 하지 못하고 있는 실정이다.

—공을 치기 전에 몸이 열린다는 것은 힘의 전달을 효율적으로 이용하지 못한다는 것.

테니스를 배울 때 가장 먼저 듣는 말이다.

영석만큼의 임팩트가 없을 뿐이지, 페러 또한 촉망받는 프로다.

상식 수준에서의 원리는, 당연히 몸에 진득하게 배어 있는 사람임에 틀림없다.

그런 페러가 합리적이고도 효율적인 원리를 잊을 수밖에 없었던 것은, 전적으로 영석의 예리한 스트로크에 기인한다.

펑!!

예리하게 날이 갈린 공이 구석을 찌른다.

똑같은 구석이어도, 1/36과 1/49은 다르다. 영석은 플로리다에서 행했던 '분할 훈련'에서의 이미지를 머릿속으로 떠올리며, 점점 상자의 크기를 작게 만들어 나갔다.

물론, 최종적으로 이번 시합에서 도달하고자하는 목표는 1/100이다.

"큭!"

페러가 열심히 뛴다.

한 발자국이면 닿았을 거리가, 한 발자국으로는 모자라게 되었다.

그리고 부족한 그 시간을, 페러는 준비 동작을 없애는 것으로 대신했다.

즉, '몸을 닫았다가 열며 공을 친다'는 메커니즘을 실현하지 못하고 있는 것이다.

자연스럽게 팔을 쭉 뻗어 '그저 휘두르기만' 했다.

펑!!

궁여지책(窮餘之策)에 불과했지만, 페러의 손목을 활용하는 센스도 썩 훌륭했다.

공의 예리함은 없었지만, 코스만큼은 제대로 영석의 오픈 스페이스를 찌른 것.

나달을 포함하여 클레이에서 강세를 보이는 선수들은, '정확하지 않은 자세'에서도 훌륭한 공을 잘 선보인다.

차, 차, 좌왓—

둥실둥실 가볍게 몸을 놀린 영석은 여봐란듯이 여유롭게 공에 접근하여 왼팔을 휘두른다.

그리고 페러는 공이 맞기도 전에 자신의 오픈 스페이스를 향해 엄청난 속도로 뛰어 들어갔다.

쾅!!

영석은 개의치 않고 페러가 뛰는 방향으로 공을 보내줬다.

내심 생각하고 있는 게 있다는 듯, 두 눈이 침착하다.

촤촤앗! 펑!!

페러는 영석 또한 오픈 스페이스로 뛸 거라 생각했는지, 크로스로 영석이 방금까지 있던 곳을 향해 공을 보냈다.

그리고 영석은, 지금까지와는 궤도를 달리하는 샷을 보였다.

휙— 텅!

영석의 공이 짧게 떨어진다. 서비스라인 언저리에 떨어진 그 공은, 코트를 달구고 있는 템포를 한 번에 죽였다.

각도가 얼마나 예리한지, 한 번 바운드된 공은 훌쩍 떠서 복식 라인 밖으로 나가 버렸다.

촤, 촤촤촤악—!!

숨을 크게 몰아쉰 페러가 포기하지 않고 죽을힘을 다해 공을 따라잡는다.

펑!

공의 체공 시간이 길었던 덕에, 페러는 공을 받아내는 것에 성공했다.

클레이가 아니었다면, 아마도 불가능했을 것이다.

"……"

그러나 그런 페러의 노력이 무색하게, 영석은 차분한 신색으로 자신의 눈앞에 떨어진 공을 바라봤다. 공격적으로 나서서 발리를 댈 수도 있지만, 지금의 자신에게 발리는 변수가 생길 가능성이 컸기 때문에, 차선책을 선택한 것이다.

휙—

많은 힘도 필요 없다.

그저 '툭' 하고 빈 곳을 찌르면 그만.

팡!

경쾌한 타구음과 함께 공은 저 뒤쪽으로 꽂혔다.

페러로서는, 힘들게 뛰어온 의미 자체를 상실한 셈이다.

쾅!!

그리고 페러는 라켓을 바닥에 집어 던지는 것으로 분을 풀었다.

물론 영석은 이미 등을 돌리고 베이스라인으로 가서 볼키즈에게 받은 수건으로 땀을 훑고 있었고 말이다.

부우—

2세트가 시작되는 신호가 울렸다.

조금씩 끌어올린 감각이 다시 무뎌지지 않을까, 얼른 다시 시합을 하고 싶었던 영석은 벌떡 일어나 잰걸음으로 코트에 진입했다.

"집중집중집중……."

나지막이 읊조리는 '집중'이라는 단어가 서서히 영석의 의식을 잠식하기 시작한다.

잠시 쉬었음에도 불구하고, 몸은 다시 더워지기 시작했고, 사지 끝까지 피가 힘차게 돌아다니고 있음을 느낄 수 있었다.

　　　　*　　　　　*　　　　　*

　클레이 시즌에 들어서서 드물게 후련하고 기쁜 감정을 가지고 시합에 임했던 영석은 삽시간에 로마에 홀로 남게 되었다.

　우선, 영석은 다비드 페러를 7 : 5, 6 : 4라는 접전 끝에 물리쳤다.

　걱정을 날려 버리는 승리였지만, 영석에게는 승리보다, 아직 몸을 완벽하게 조율하지 못한 것이 더 크게 다가왔다. 페러는 끈질겼지만, 영석이 감각을 모두 회복시키기 전에 물러나고야 만 것이다.

　'아직 100%가 아니야.'

　이렇게 페러를 이기고 보니, 다치기 전에 했던 고민들이 사치스럽게 느껴졌다.

　그때는 갈피를 못 잡았을지언정, 자신의 컨디션에 대한 확신은 있었기 때문이다.

　하지만 영석은, 지금의 자신이 '올바른 방향'으로의 집중을 발휘하고 있음을 깨닫지 못했다.

　이렇게 승리라는 결과를 훌륭히 도출했으니 말이다.

　그리고 남은 두 한국인, 이재림과 이형택의 1회전 결과도 속속들이 나오고 있었다.

　결론적으로, 영석을 제외한 이 두 명의 한국인은 모두 1회전에서 탈락하고 말았다.

　컨디션 난조나, 적응력의 문제는 아니었다.

　순전히 상대가 안 좋았다.

이재림은 또다시 한 선수에게 무릎을 꿇고 말았다.

이번 대회 6번 시드인 앤디 로딕(Andy Roddick)과 다시 만나서 6 : 4, 5 : 7, 3 : 6이라는 스코어로 아쉽게 패배하게 된 것이다.

"아! 시발!!!"

이재림은 어른들의 틈바구니 속에서도 마음껏 욕설을 내질렀다.

그만큼 분했으리라.

"으아!! 이길 수 있었는데!!!"

로마 전의 대회들에서 우승과 준우승을 차지하며 찬란한 선수 생활이 드디어 시작됐음을 알렸고, 1회전부터 로딕을 만난 것은 이재림에게 엄청난 동기부여가 됐다. 우승까지는 바라지 않아도, 어느 정도의 성과를 내고자 하는 바람직한 욕심 또한 갖고 있었다.

"내가 호구 되려고 이영석 상대한 줄 알아? 넌 죽었어……."

시합이 시작되기 전에 이재림이 보인 투지는, 실로 놀라울 정도였다.

강서버가 대체적으로 클레이 코트에 약하다는 것은 수십 년을 걸쳐서 증명된 팩트(Fact).

로딕 또한 영석의 뒤를 잇는, 아니, 영석과 나란히 서서 수위를 다투는 톱 서버 중에 한 명이고, 역시나 클레이 코트에서는 약한 면모를 보였다.

반면, 이재림은 클레이에서 강세를 보이고 있는 상황.

충분히 자신감을 가질 만했다.

―창과 방패의 대결.

많은 테니스 전문가들이 이재림과 로딕의 1회전을 위와 같이 예측했었다.

이재림이 1세트를 6 : 4로 이기며 경기 자체를 자신의 페이스로 끌고 갈 때만 해도 이 예측은 맞아떨어지는 것처럼 보였다.

하지만 2세트에 들어서 로딕의 변화가 시작되면서부터 경기 양상은 크게 변하기 시작했다.

여전히 공격성이 부족한, 아직은 높지 못한 수준의 '공방일체' 스타일로는 작심하고 그라운드 스트로크에 몰두하는 로딕을 넘어서지 못한 것이다.

서로가 지루한 공만 날리기를 한참, 로딕의 기지 넘치는 센스가 예리하게 발휘되었다.

짧은 공, 드롭, 페이스 전환 등… 톱 클래스의 선수로서 경기를 '풀어나가는' 능력이 발휘된 것이다.

이재림으로선, 언제 보일지 알 수 없는 플레이에 긴장을 하다가 잠시 '선택권'을 넘겨주게 되는 실수가 나오게 되고, 로딕은 곧장 가장 자신 있는 공격적인 플레이로 이재림을 찔렀다.

이재림으로서는 답이 보이지 않는 상황인 셈이었다.

마치 영석이 페러를 상대로 요리하듯 말이다.

1세트를 이기고, 내리 두 세트를 넘겨준 이재림은 그렇게 패배를 하고야 말았다.

이형택은 더욱더 불행(?)했다.

이재림의 상대인 로딕은, 이형택의 상대에 비하면 쉬운 편일 정도.

그는, 영석에게 밀려 2번 시드로 참여한 앤드리 애거시를 만나고야 만 것이다.

불꽃을 활활 불태우고 있는 노장(老將)을 상대로, 이형택은 변변한 저항을 하지 못하고 2 : 6, 3 : 6이라는 큰 차이로 패배하고야 만다.

본인도 클레이에서 그리 강하지 못하다는 특징을 갖고 있다는 것이 이형택에겐 거듭된 악재로 작용했다.

        *   *   *

유구무언(有口無言).

두 선수는 침울한 기색을 하고 잽싸게 다음 대회가 열리는 독일 함부르크를 향해 떠날 채비를 했다.

"조만간 또 보자."

"잘하고 있어."

…….

…….

수많은 인사의 종류가 모두 무색했다.

1, 2주에 한 번씩 이 말을 하는 것도 무안한 것이다.

오히려 인사는 영석이 먼저 건넸다.

"한… 1주일 후에 뵙겠네요. 몸 관리 잘하시고요, 재림이 저 녀석 잘 챙겨주세요."

"그래. 잘해라."

이형택은 아직도 후배보다 먼저 경기장을 떠나는 것이 심란

한 모양이다.

부산 아시안게임에서 영석을 잘 챙겨주던 모습은 점점 사라지고 있었다.

말수도 극히 적어졌다.

인성이 바뀐 것이 아니라, 입장이 바뀐 것이다.

"좀 할 만하다 싶으면… 꼭 이렇게 더 대단한 놈을 만나서 빨리 떨어지고… 으아!"

이재림은 다행히(?) 예전처럼 주눅 들거나, 침울한 기색을 보이진 않았다.

그저 자신이 승리하지 못한 것에 대한 분노와 향상에 의지를 불태우고 있을 뿐이었다.

그 모습이 보기 좋았던 영석은 이재림의 팔을 툭— 쳤다.

"가서 컨디션 올리고 있어. 다음엔 붙어봐야지."

"오냐. 나 간다!"

이재림은 그렇게 말하고는 휙— 몸을 돌려 걸어가려다 머리를 긁적이고는 이형택의 팔을 잡아끌었다.

"형, 갑시다."

"그래, 가자."

다 큰 녀석이 귀엽게 굴자, 이형택도 가느단 미소를 지었다.

남은 사람은 박정훈과 강춘수뿐이었다.

휑하게 비어버린 공간에서 영석은 쓸쓸함보다는 홀가분함을 느꼈다.

혼자 남았다는 것이, 오히려 집중하기에는 더욱 편하다고 생각할 정도로 말이다.

"크으— 아쉽구먼."

떠난 두 사람이 아쉬웠던 것일까.

박정훈은 머리를 긁적이며 연신 메모장을 넘겨댔다.

"하하… 박 기자님의 아쉬움을 달래려면, 제가 하는 수밖에 없겠군요."

"으잉? 뭘?"

영석이 유쾌하게 웃으며 말을 걸자, 박정훈은 의아하다는 듯 반문했다.

"뭐겠어요."

영석은 그 말을 남긴 채, 강춘수에게 테니스 백을 받아 들고 밖으로 향했다.

*   *   *

2라운드.

Ivan Ljubicic.

3라운드.

Guillermo Coria.

영석은 스스로가 생각하기에도 이상할 정도로 쉽게 승리를 쌓아가고 있었다.

'이게 뭐지?'

자신의 상태에 대한 명확한 이해를 기반으로 시합을 풀어나 가는 것에 익숙한 영석으로서는, 설명이 되지 않는 승리의 연속에 의구심을 한가득 품고 있었다.

특히 3라운드에서 만난 선수 '기예르모 코리아'를 겪으면서 느꼈던 이질감은 더욱더 컸다.

—King of Clay.

나달이 후에 짊어질 이 타이틀은, 2003~2005년까지는 코리아의 몫이었다.

프랑스 오픈에서의 우승은 없었지만, 클레이에서의 뛰어난 활약으로 인해 세계 랭킹 3위까지 오르며 자신의 이름을 떨쳤다.

비록 서브에서 토스를 할 때의 입스(Yips : 부상 및 샷 실패에 대한 불안감, 주위 시선에 대한 지나친 의식 등이 원인이 되어 손과 손목 근육의 가벼운 경련, 발한 등의 신체적인 문제가 일어나는 현상. 뇌 속의 무의식과 의식을 각각 담당하는 편도와 해마의 균형이 깨져 편도가 과잉 활성화되고 해마가 억압될 경우 발생)를 이겨내지 못하고 한 시합에서 더블폴트만 30개 넘게 기록하며 몰락하긴 했지만, 이 선수는 2003년 현재, 영석이 클레이 시즌에 만난 모든 선수 중에 가장 클레이에 특화된 선수다.

'질 수도 있다'가 아닌, '지겠는걸?'이라는 마음으로 영석이 코트에 들어설 정도의 강자.

하지만 시합은 쉽게 풀어졌다.

영석이 체감으로 느끼는 난도는 '페러' 정도.

힘과 속도보다 세밀함과 정확함으로 무장한 영석의 다채로운 기술 앞에서, 코리아 역시 패배의 쓴맛을 맛보게 된 것이다.

퀴터파이널(QF).

8강전의 상대는 Felix Mantilla Botella였다.

바로 전, 몬테카를로에서 만난 선수를 4라운드에서 또 만났다.

'좋아.'

영석으로서는, 그때와 지금의 차이를 가장 적나라하게 비교할 수 있는 기회가 생긴 셈이다.

그때와 지금이 무엇이 다른지, 이 선수를 통해서 쉽게 확인할 수 있다고 여겼다.

6 : 3. 6 : 2.

그리고 이어진 압도적인 승리.

시합은 1시간가량 소요됐을 뿐이다.

영석은 당혹감에 휩싸였다.

'속도나 위력은 약한데… 단순히 정확하게 치는 걸로 이렇게 쉽게 풀린다고?'

아직도 완벽한 실전 감각은 돌아오지 않은 상황.

영석은 연습을 하듯, 코트를 100분할로 나누고는 여기저기 찔러가며 '정확성을 유지한다는 전제하에 속도와 위력을 높이는' 쪽으로 가닥을 잡았다.

분할된 코트의 이미지가 얼마나 강했는지, 상대 선수는 그야말로 바둑판 위, 하나의 돌에 불과하게 느껴질 정도였다.

그리고 이런 선택은, 놀랍게도 클레이서의 '정답'을 도출하는 것에 큰 기여를 했다.

컨디션이 최고조에 이르렀을 때의 자신이, 100분할 코트에서 베이스라인 근처에 해당하는, 1~10까지의 구간… 특히 1과 10쪽으로 집중되는 경향을 보인다는 것을 알게 됐다.

네트와 바짝 붙어 있는 91~100 구간은 드롭을 할 때 노렸었고 말이다.

조금 다채롭게 풀어나가고자 할 때는 11~20, 21~30까지도 '가끔' 노렸었다.

그게 영석의 평소 패턴이었다.

그리고 몸에 힘을 뺀 지금은 41~50은 물론이고 6, 70 구간, 심지어는 81~90 구간까지도 그라운드 스트로크로 노릴 수 있었다. 원래도 그쪽으로 칠 수 있었지만, 평소에는 필요성을 느끼지 못했던 것이었고, 지금은 '한번 해볼까?'라는 생각이 들었던 것이다.

아주 단순한 차이.

발상의 차이라고까지 추켜세울 일도 아니다.

하지만 이 차이는 영석을 보다 손쉽게 이겨 나가게끔 하는 것에 크나큰 일조를 했다.

"허 참······."

영석은 여전히 믿기지 않는지, 연신 한탄과 감탄이 섞인 묘한 반응을 보였다.

*   *   *

세미파이널은 예브게니 카펠니코프(Yevgeny Kafelnikov)라는 러시아의 위대한 선수였다.

1996년엔 프랑스 오픈을, 1999년엔 호주 오픈을 석권하며 세계 랭킹 1위에 올랐던 강자.

특히 1996년 프랑스 오픈에서는 단, 복식 모두 우승을 하며,

'한 메이저 대회에서 단, 복식을 우승한 마지막 남자 선수'라는 영예로운 타이틀을 보유하고 있는 선수다.

"음, 어떨까."

서른이 아직 안 된 이 위대한 선수를 만났음에도, 영석은 붕— 떠 있는 상태였다. 달리 말하면 현실감각을 잊은 상태라고 할 수 있다.

이렇게까지 손쉽게 이기다 보니 카펠니코프라는 대선수를 만나도 치열한 긴장감이 생기지 않았다.

—클레이라는, 나에게 약점이 되는 이 장소에서는 그 어느 때보다 더욱더 기계적으로.

라는 걸 지켰을 때, 어디까지 갈 수 있을지 궁금할 따름이었다.

테니스의 신이 있다면, 영석은 그 축복을 온전히 홀로 독차지하고 있음이 틀림없었다.

카펠니코프는 영석의 예상대로, 쉽게 이길 수 있었다.

따박따박 바둑판 위에 돌을 놓는 것은 영석이고, 그 돌에 해당하는 것은 상대였다.

이 과정은 카펠니코프조차도 어찌할 도리가 없었다.

'전성기가 지나서일지도.'

아직 젊은 나이이지만, 2000년대 들어서는 단식에서보다 복식에서 더욱더 뛰어난 기량을 발휘한 이 선수는, 젊다 못해 어린 영석의 천재성에 굴복하고 만 것이다.

테니스의 신이 준 축복은 거기서 끝나지 않았다.

—도대체 어떻게?!

라는 생각이 드는 상대와의 결승전을 앞두고 있었기 때문이다.

영석과의 대전에서 각성을 했던 '그' 페더러를 이긴 Filippo Volandri, 예전 투어 파이널에서 휴이트와 대접전을 치른 Juan Carlos Ferrero를 이긴 Rainer Schuttler.

이 둘이 세미파이널에서 붙고, 승리자는 Filippo Volandri가 되었다.

Filippo Volandri는 몬테카를로 4라운드에서 이재림을 격침시킨 선수.

'테니스는… 알다가도 모르겠어.'

페더러와 페레로.

둘 다 영석을 물리칠 수 있는 가능성이 농후한, 불세출의 선수들이다.

그런 선수들이 상대적으로 무명인 선수들에게 8강에서 무너지는 것을 보면, '실력'이라는 것을 판단하는 것에 굉장히 많은 잣대가 요구됨을 알 수 있었다.

"허 참……."

벌써 두 번째의 놀라움.

손쉬웠던 승리와 기대하지 않았던 결승 상대…….

영석은 또 한 번 어깨를 으쓱였다.

Chapter 69
일생(一生)의 친구

다비덴코라는 걸출한 선수를 만나 우승까지 했지만, 에스토릴에서는 기쁨보다 찝찝함이 조금 더 크게 작용했었다. 돌이켜 생각해 보면, '내가 원하는 플레이로, 내가 원하는 승리를 하지 못했어!'라는 치기 어린 투정이었다. 사치스러운 작태였고 말이다.

　그 후의 몬테카를로.

　그토록 염원하던 나달과의 만남은, 고민하고 있던 모든 것을 저 뒤로 날려 버릴 만큼 즐거운 일이었다.

　그리고 시합에서 승리까지 얻어냈다는 것은, 영석에게 크나큰 즐거움을 줬다.

　동시에 위기의식 또한 가질 수 있었다.

　ー이 선수가 어떤 선수인가.

　이 점을 생각한다면, 페더러만큼이나 나달은 위험한 상대였다.

평생을 두고 라이벌 구도를 그릴 수 있는 선수.

그 즐거움과 부담감은 실로 묵직했다.

나달과의 경기에서 승리라는 달콤한 과실을 얻어가는 중에 부상이라는 돌부리에 걸려 넘어진 것은, 아이러니하게도 영석에게 호재로 작용했다.

수분이 증발해, 점점 말라가고 있던 마음에 물뿌리개로 물을 준 것처럼, 생명력을 키워낼 수 있는 토양을 마련한 것이다.

랭킹 포인트 1,000.

판도가 뒤바뀔 수 있는 엄청난 점수.

거의 우승까지 갔던 몬테카를로 마스터스의 중도 탈락에 대한 아쉬움은 단 1g도 존재하지 않았다.

득과 실을 따지자면, 영석에게는 득이 더 컸다.

도약을 위한 웅크림.

그것이 끝나고 이어진 행보는 대단했다.

승리.

또 승리.

복귀전에 해당하는 로마에서의 계속되는 승리는 끝내 '행운'에 가까운 대전 운까지 겹치면서 우승까지의 길을 넓혔다.

Filippo Volandri.

가련한(?) 이번 결승전 상대는 영석의 우승 행보에 아무런 저항감 없이 스러지고 말았다.

5세트 경기, 세트스코어 3 : 0이라는 완벽한 승리를 거둔 것이다.

6 : 4, 6 : 2, 6 : 3.

로마에서의 우승은 영석이 한 차원 높은 곳에 머물고 있음을 명백히 보여주었다.

1,000포인트의 어마어마한 랭킹 포인트.

그리고 총상금 2,450,000$의 규모.

마치 몬테카를로의 아쉬움을 달래주듯, 로마의 성과는 대단했다.

"지금 상금보다 중요한 건 포인트입니다."

영석에게 물이 들 대로 물이 들어버린 강춘수는 상금보다도 랭킹 포인트를 언급하며 영석의 주의를 환기시켰다. 그리고 그 화법은, 영석의 관심을 끌었다.

"랭킹 1위가 걸려 있어서요?"

짐을 챙기다 말고, 강춘수를 휙 돌아본 영석이 묻자, 강춘수는 진중하게 고개를 끄덕였다.

"휴이트와의 차이가 점점 좁혀지고 있습니다. 바로 내일부터 시작되는 함부르크에서도 좋은 성과를 낸다면, 롤랑가로스가 진행될 때는 무난하게……."

클레이에서는 영석은커녕, 다른 톱 플레이어들에 비해 현저히 안 좋은 모습을 보이고 있는 휴이트.

딱히 플레이 스타일상 클레이에서 약점을 보일 만한 선수는 아닌데도, 유독 클레이에서 약했다.

사실상 부상 같은 큰일이 없다면, 롤랑가로스 이후에는 영석이 세계 랭킹 1위에 도달할 거라는 건 기정사실이 되어 있는 상황이다.

이런 상황이지만, 강춘수는 쉽게 '세계 랭킹 1위'라는 단어를 내뱉지 않았다.

어쩌면 선수 본인보다도 더욱더 감명 깊은 일일 수 있기 때문이다.

—생애 첫 에이전트 일을 맡았는데, 그 선수가 세계 랭킹 1위가 된다!

그 업계에서는 나름 신화적인 커리어로서 인정받을 수 있는 일이다.

"음, 뭐. 그럴 수도 있겠네요."

하지만 영석은 시큰둥한 모습을 보이며 다시 짐을 챙기기 시작했다.

워낙에 오래 1위라는 금자탑에 앉아 있던 경험이 있다 보니, 그리 욕심이 나지 않았던 것이다. 오히려 영석에게는 '메이저 대회 xx회 우승!'이라는 타이틀이 더 중요했다.

"……."

강춘수가 다소 시무룩하게 있자, 영석은 가볍게 웃으며 말했다.

"만약 1위가 된다면, 춘수 씨 덕이 클 겁니다. 제가 시합할 수 있게 늘 좋은 환경을 준비해 주신 것에 대해 감사드리고 있으니까요."

"…큼."

영석의 말에 강춘수가 머쓱한 듯, 괜히 헛기침을 한다.

그 심정이 이해가 되는 영석은 웃음기를 지우지 않고 열심히 짐을 챙겼다.

＊　　　　　＊　　　　　＊

"내 반쪽!!"

"우리 진희!"

얼마 전에도 만났으면서, 영석과 진희는 이산가족이 상봉하듯, 격정적으로 서로를 부둥켜안았다. 아마 두 사람 모두 대회에서 좋은 모습을 보이고 있기 때문에 고무된 탓일 거다.

"바로 가야 하지?"

"응. 내일이니까."

쪽!

진희가 영석의 목을 끌어안고 입을 맞췄다.

"컨디션은 어때?"

영석이 진희의 볼을 쓰다듬으며 물었다.

진희의 눈빛이 애틋하게 변한다.

"생각보다 쉽게 이겨서 괜찮아. 넌?"

"나도 괜찮아."

다행히 결승전은 두 사람 모두 가볍게 이겼기 때문에, 컨디션에 있어서 크게 걱정할 필요는 없는 듯했다.

"이 녀석아, 아무리 그래도 스승님이 왔는데……."

최영태가 다소 가벼운 어조로 영석을 나무랐다.

"오랜만도 아니지만, 되게 오랜만인 것 같네요."

영석이 씨익 웃으며 최영태를 안았다.

최영태는 자신보다 힘도 세고 덩치도 큰 제자의 품에서 버둥거렸다.

"징그러우니까 치워, 인마. 진희에게는 들었다만, 다친 데는 괜찮고?"

"우승했잖아요."

영석은 최영태의 염려에 시원한 대답을 건넸다.

최영태의 얼굴에도 웃음이 핀다.

"조금만 더 혼자 버텨봐라. 미안하다."

스승이자 코치로서, 제자의 일정에 따라가지 못하는 데 대한 미안함을 표시하는 최영태에게 영석은 현답(賢答)을 줬다.

"진희가 잘하고 있잖아요. 전 괜찮아요."

씩 웃는 영석의 얼굴이, 어른스러우면서도 천진했다.

마주 웃는 최영태의 얼굴에 기특해하는 기색이 만연하다.

따뜻한 공기가 이 둘을 감싼다.

"그럼 이번 대회도 잘 치러! 체력 관리 잘하고~!!"

말과는 다르게, 딱 붙어서 안긴 상태로 얘기하는 진희의 모습이 너무 사랑스럽다고 생각한 영석은, 진희의 뺨을 살며시 잡고는 고개를 숙여 입을 맞췄다.

"다치지 말고."

그렇게 둘은 떨어지고 싶지 않은 몸을 돌려, 각자의 일정을 소화하러 서로의 갈 길을 갔다.

*   *   *

독일 함부르크 오픈.

몬테카를로, 로마에 이어 세 번째 마스터스 시리즈에 속하는 이 대회는 1892년에 대회가 시작되어, 무려 100년이 넘는 역사를 가진 유서 깊은 대회다.

2003. 5. 12

5월 11일에 로마에서의 결승전을 끝내고 부랴부랴 독일로 온 영석은 빡빡한 일정에도 불구하고 컨디션이 제법 괜찮은 편이었다.

가깝기도 하거니와 으레 그렇듯, 우승을 하면 할수록 대회 일정 맞추기가 빡빡한 ATP의 시스템에 익숙해질 대로 익숙해진 탓이다. 거의 끊이지 않고 매일 진검승부가 이어지는 것은, 지금의 영석에겐 차라리 좋은 일이었다. 마음껏 실전 감각을 끌어올릴 수 있기 때문이다.

"난리 났네……."

영석이 코트에서 머리를 긁적인다.

네트 너머에서 몸을 풀고 있는 상대의 눈빛이 시리다 못해 차갑게 불태울 것처럼 느껴졌다.

"이재림……."

그렇다.

영석에게 도전적인 눈빛을 보내고 있는 것은 이재림이었다.

등 뒤로 따갑게 느껴지는 시선에 피식 웃은 영석은 함부르크에 도착했을 때를 떠올렸다.

로마만큼이나 독일의 풍경도 이색적인 느낌을 전해주기에 충분했다.

대회장 근처 숙소에 도착할 때까지의 짧은 감상은 좋은 편이었다.

'조금 딱딱하다고 생각하면, 그건 독일에 대한 내 편견이겠지?'

웅장하고, 각이 진 느낌의 건축물들을 비롯하여, 공기 자체가 조금은 경직되어 있다고 느낀 영석은 더 관람하지 못한다는 아쉬움을 뒤로한 채, 숙소에 도착했다.

"배고프다."

이형택과 이재림은 연습에 한창인지, 자리에 보이지 않았다.

그렇게 강춘수와 박정훈, 총 셋이 함께 조촐한 식사를 한 후에 가볍게 이번 대회의 일정을 체크했다.

언제 갖고 온 것일까.

이미 강춘수는 1회전 대전표를 준비한 상태였다.

'재빠르기도 하여라.'

촤르륵—

대전표가 쫙 펼쳐지자, 이번에도 어김없이 영석의 이름이 상위에 있었다.

"헤······. 2번 시드네요."

그새 1번 시드가 주는 무덤덤한 기쁨에 익숙해졌을까.

2번이라는 시드가 제법 낯설었다.

"···휴이트."

그렇다.

영석이 2번 시드로 밀린(?) 이유는, 현재 세계 랭킹 1위인 휴이트가 이 대회에 참가했기 때문이다.

"뭐, 그거야 상관없지요. 그나저나 내 상대는······."

영석의 시선이 자신의 이름을 중심으로 사방을 훑기 시작한다.

레이튼 휴이트, 카를로스 모야, 로저 페더러, 앤디 로딕, 파라돈 스리차판, 다비드 날반디안, 구스타부 쿠에르텡, 기예르모 코리아, 페르난도 곤잘레스, 제임스 블레이크……

전 대회에서 복사—붙여넣기를 했는지, 거의 대부분의 시드 목록은 똑같았다.

규모가 큰 대회이니만큼, 높은 랭킹의 선수들이 모조리 참여한 것이다.

'롤랑가로스도 마찬가지겠지. 그나저나……'

명단에 대한 짧은 평이 끝나자, 영석은 숨을 멈추고 한 이름에 눈을 고정시킨다.

〈J—L Lee〉

1회전 상대로 이재림이 내정된 것이다.

"이거이거, 이재림 선수가 단단히 벼르고 있겠구면."

박정훈이 고개를 저으며 손으로 머리를 짚었다.

'호. 그래서 마중도 안 나왔구나.'

보통 때였으면, 공항까지는 마중 나올 성격의 이재림은, 시합 전에는 눈도 마주치지 않겠다는 듯, 예전 첼린지 대회에서처럼 영석과 얼굴을 마주치지 않을 심산이었던 것이다.

"저도 준비해야겠네요."

이재림이라는 이름을 본 영석이 미련 없이 대전표에서 눈을 떼고는 벌떡 일어나 몸을 쭉쭉 풀기 시작했다. 조금 뻐근하기도 한 느낌이다.

'이럴 때 이창진 선생이 있었으면······.'

유능하고 신뢰할 만한 물리치료사가 있었다면, 몸의 컨디션을 효율적으로 관리할 수 있다. 영석은 2004년에는 꼭 이창진을 고용하기로 마음먹은 상태다.

"한 명 보내 드리겠습니다."

강춘수가 영석이 원하는 것을 빠르게 캐치했다.

"네, 고마워요."

영석은 그렇게 5월 11일의 밤을 마무리했다.

"그렇다고 진짜 시합 때까지 숨어 다니다니······."

여전히 등 뒤에서 예리한 시선이 느껴진다.

하루 동안 묵혀놨던 투쟁심과 승부 근성을 일거에 폭발시키려는 것 같았다.

이번에는 이기고 말겠다는 이재림의 폭발적인 열정이 느껴지는 것 같아 영석은 신기한 기분이 들었다.

"이번에는 뭐가 다른지. 보여다오."

영석은 이재림의 뜨거운 승부욕을 모두 받아줄 마음을 먹었다.

*　　　　　*　　　　　*

세월로 따지자면 그리 길지도 않지만, 체감이 되는 인연의 깊이는 상당했다.

US 오픈 주니어 결승.

2002 부산 아시안게임에서의 단체전 우승.

중국에서의 챌린저 대회 단식 결승, 복식 우승.

호주 오픈에서의 복식.

그리고 이곳 함부르크.

함부르크 마스터스는 결코 메이저급은 아니다.

무대 또한 1회전에 불과하다.

그러나 이재림에게, 그리고 영석에게는 유의미한 시간이 될 것이다.

'역사가 반드시 큰 무대에서만 이루어지는 것은 아니지.'

한국인끼리의 대전.

투어를 돌고 있는 한국인 자체가 남녀 합해 다섯 명 남짓한, 작금의 협소한 대한민국 테니스에서 이런 기회를 갖기란 쉬운 일이 아니었다.

'그리고 이 1라운드는 너와 나의 역사에서 아주 중요한 부분이 되겠지.'

앞으로도 몇 번을 더 붙을지 모른다.

그리고 몇 번을 붙어도, 늘 중요한 의미를 가질 것이다.

"……."

가볍게 몸을 풀면서도 영석은 차오르는 기분 좋은 긴장감에 솜털이 비죽 서는 것을 느꼈다.

페더러와 나달, 애거시와 붙을 때와는 전혀 다른 종류의 긴장감이다.

앞서 나가는 것이 분명한 상황에서, 뒤를 돌아보며 어느 정도까지 따라왔는지 확인하는, 느긋하면서도 목덜미가 서늘한 긴장감.

'공은 여전하군.'

특유의 공방일체를 지향하는 공은 여전히 공략하기 어려워 보였다.

로딕에게 두 번째 패배를 당하고서는, 더욱더 갈고닦은 모양인지 더 큰 포물선을 그리며 넘어와서는 베이스라인 근처에서 뚝 뚝— 잘도 떨어진다. 그리고 이어지는 바운드는 나달이 부럽지 않은 수준.

'좀 느려.'

톱스핀을 이용해 바운드를 크게 하기보다, 큰 낙차를 이용해 바운드를 키운 바람에 공의 체공 시간이 길어지면서 필연적으로 느릿해지는 경향이 있다. 이 부분은 나달에 비하면 다소 손색이 있다.

'어느 방향으로 발전할지는 모르는 거지.'

확실한 것은 단 하나.

지금 이 순간, 이재림이 보이는 투쟁심만큼은 영석의 등골을 서늘케 하기에 부족함이 없다는 것이었다.

부우우——

스매시와 서브 연습까지 끝나고 신호에 맞춰 쉬는 와중에도 영석의 머릿속은 이재림을 공략하기 위한 다채로운 전개들이 쉼 없이 떠오르고 있었다.

부우—

그리고 곧 1세트가 시작된다는 신호와 함께, 영석은 가볍게 달아오른 몸을 일으켜 코트로 나아갔다.

＊　　　　＊　　　　＊

1세트 2 : 2.

스코어로 봤을 때 영석과 이재림은 차분히 서로를 탐색하는 시간을 가지는 것처럼 보였다.

하지만 실상은 달랐다.

브레이크.

또 브레이크.

"……!!!"

천하의 영석이 대경실색(大驚失色)할 정도의 집중력을 보이고 있는 이재림은, 1세트 첫 번째 게임에서 영석의 서브 게임을 브레이크하며 기세를 올렸다.

한 개의 리턴 에이스와, 랠리 끝에 영석의 범실을 유도한 것이 두 개, 그리고 하나는 본인이 날린 위너 샷(한 포인트를 결정짓는 샷)을 통해 브레이크에 성공한 것이다.

—둘도 없는 친구는 세계 최고의 서버.

—숙명의 적도 세계 최고의 서버.

이런 역경은 성장에 목말라 있는 이재림에게는 최고의 재료가 되었고, 곧 자신의 역량으로 소화시키는 것에 성공한 것이다.

'그 정도의 그릇은 된다는 거지…….'

평소 때의, 어김없는 최고의 서브를 날렸음에도 브레이크라는 신기한 경험을 당하게 된 영석은 놀라는 와중에도 이재림의 성장에 뿌듯함을 느꼈다.

위에서 아래를 내려다보는 것이 아닌, 친구의 성장이 그만큼 기뻤던 것이다.

'그렇다면… 나도 보여줘야지.'

펑!!

이재림의 서브가 작렬한다.

위력이 크진 않지만, 기백이 실린 좋은 공.

쉬익—

영석은 잔뜩 움츠린 몸을 활짝 펴며 팔을 섬전처럼 휘둘렀다.

이어질 포탄 같은 영석의 그라운드 스트로크를 상상한 것인지, 네트 너머에서 이재림이 잔뜩 긴장하는 기색이 느껴진다.

팡!

"……!!!"

그리고 이어진 것은 섬뜩할 정도의 파공음이 아닌, 다소 맥빠지는 상큼한 소리.

쉭—

공은 짧고, 예리하게 떨어졌다.

촤촤촤촤촤악!!

이재림이 한 박자 늦게 뛰기 시작한다.

전혀 예상하지 못했다는 듯, 당황한 기색이 역력하다.

'받을 수 있겠네.'

눈대중으로 견적을 낸 영석이 산뜻한 뜀박질로 성큼성큼 잘도 네트로 나아간다.

그사이 한 번 바운드되고 두 번째 바운드를 위해 떨어지고 있는 공을, 이재림이 있는 힘껏 긁어 올린다.

평!

팡!!

그 상황에서 낼 수 있는 최선의 선택.

하지만 영석은 그 길목에 라켓을 뻗어 가로막았다.

짧은 공간을 빠르게 왕복한 공이 저 멀리 툭— 떨어진다.

"……."

심판의 스코어 선언에도, 이재림은 멍한 기색을 지우지 않고 몸을 돌려 베이스라인으로 걸어가고 있는 영석의 등을 뚫어져라 바라봤다.

그렇게 네 게임을 서로 주거니 받거니 하면서 스코어는 2 : 2까지 왔다.

이재림은 영석의 서브 게임 두 개를, 영석은 이재림의 서브 게임 두 개를 브레이크한 것이다.

'허 참. 내 서브로 이런 상황이 생길 줄이야……'

서로가 주고받은 연속 두 번의 브레이크.

영석이 자신의 서브 게임을 이토록 지키기 어렵다고 느낀 적이 몇 번이나 있을까.

페더러도, 나달도 못 하고 있는 것을 지금 이재림은 해내고 있는 것이다.

그것이 엄청날 정도의 투쟁심 때문인지, 상상을 초월한 집중력 덕분인지는 몰라도, 지금 이 순간 이재림이 보이고 있는 리턴 능력은, 가히 톱 플레이어에 육박하는 단계에까지 올랐다.

순전히 '영석의 서브'라는 조건만 붙는다면, 지금 이재림은 애거시와 비견할 만한 리턴 능력을 발휘하고 있는 것이다.

'정작 본인의 서브는 아쉬운 수준이지만……'

그럼에도 스코어가 팽팽한 것은, 이재림의 서브가 그리 출중하지는 않다는 것에서 이유를 찾을 수 있다.

이 점만 보완한다면, 이재림은 클레이 스페셜리스트로서 자리매김할 수 있는 여지가 컸다.

'자, 이제 어떻게 해야 할까.'

'킵 〈 브레이크'에 비중을 두는 게 영석의 평소 스타일인데, 지금은 '킵 〉 브레이크'가 되었다. 자신의 서브 게임을 지키는 것이 급급한 것이다.

펑!!

팡!!

쾅!!!

영석의 선택은 '장기전'이었다.

230~240㎞/h 정도가 영석의 베스트 컨디션에서 쏘아낼 수 있는 서브의 속도였고, 함부르크 1회전에서의 평균 속도도 230대 초반을 유지하고 있었다.

어떤 마법 같은 일이 일어나지 않는 이상, 갑자기 서브의 속도가 250㎞/h 정도로 빨라지거나 하는 일은 없다.

그렇다면 최고 속도를 고집할 이유가 없다는 것.

리턴을 보다 쉽게 용인하더라도, 랠리전으로 전개를 끌고 가서 본인의 실수를 줄이는 것이 영석이 지금 할 수 있는 최선이었다.

팡!!

여지없이 짧고 깊은 각도로 떨어지는 공.

영석은 이 공을 중간중간 적당히 섞어가며 이재림을 긴장시켰다.

포핸드, 백핸드 할 것 없이 코트 어느 곳이든, 노리는 곳에 정확히 떨어진다.

펑!!

아까만큼의 당황은 없었는지, 이재림은 적당한 타이밍에 공을 처리할 수 있었다.

펑!!

네트로 나가지 않고, 서비스라인 언저리에서 대기를 하고 있던 영석은 그 공을 다시금 멀찍이 뿌리며 혀를 찼다.

'벌써 익숙해졌군.'

—언제 그 공을 쳐서 템포를 바꿀 것인가.

라는 명제 하나를 두고 벌이는 첨예한 수 싸움에서, 이재림은 영석의 의도를 열에 일곱 번은 정확한 타이밍에 캐치할 수 있었다.

버릇을 간파당했든, 타이밍을 간파당했든, 더 이상 섬세한 것 하나로는 이재림을 몰아붙일 수 없게 된 것이다.

그렇게 하나의 무기가 소진되자, 영석은 다시 하나의 무기를 꺼내 들었다.

쾅!!

급작스럽게 총알처럼 쏟아지는 공이 이재림의 혼백을 뒤흔들었다.

쿵!!

방금 전에 보냈던 공보다 족히 두 배는 빨라진 공이 찍히자, 이재림은 도중에 스텝이 엉키고 말았다.

"서티 피프틴(30 : 15)!"

심판의 선언이 이어지자 영석은 한숨을 크게 내쉬었다.

'잘도 노린 곳에 들어갔어.'

영석이 노린 것은 100분할 코트의 30번.

섬세함에 집중할 때는 거의 전부라 해도 과언이 아닐 정도로 노린 곳에 들어가지만, 이렇게 전력으로 팔을 휘두를 때면, 100분할은커녕 그 절반 수준인 49분할도 벅찼다.

—있는 힘껏 휘둘러서 100분할 어디든 원하는 곳으로 보내는 것.

부상에서 복귀한 후 영석이 남몰래 품고 있던 야망이 이재림과의 경기에서 피어나기 시작했다.

*　　　　*　　　　*

6 : 4.

1세트는 영석이 기필코 가져오고야 말았다.

깊이와 길이를 조절하며 다양한 코스로 보내는 것에 이재림이 어느새 익숙해지자 거기에 '속도'라는 요소까지 집어넣은 것이

주효했던 것이다.

"……."

이기고 있는 상황.

평소라면 조금은 여유롭게 상대의 기색을 관찰하곤 했지만, 영석은 지금 머리에서 한바탕 전쟁을 치르는 중이었다.

'49… 아니 36분할을 노려야 하나.'

모든 것을 만족하면서 100분할을 성공시키기는 무척 어렵다. 열에 한두 번 정도.

설령 성공했다 해도 영석 본인의 오롯한 역량은 아니었다.

클레이 코트, 이재림의 공.

이 두 가지 요소는 전체적으로 이재림의 공을 느리게 만들었고, 영석이 세밀하게 타점을 조절하는 것에 크게 기여한 것이다.

'재림이도 깨달았겠지.'

단순히 바운드를 크게 주는 것만으로는, 승리를 담보할 수 없다는 것.

타점을 마음대로 가져가며 상대를 요리하는 진희의 모습에서 힌트를 얻은 영석의 선택은, 이처럼 강했다.

'클레이에서도 정답을 찾았구나.'

한편, 이재림은 분함을 꾹꾹 눌러 담으면서도 자신의 친구가 보인 성장에 놀라고 있는 상태였다.

'이래서야 준비한 보람이 없잖아.'

빈틈이 보이면, 주저 없이 찌르는 것이 프로의 생리.

이재림은 클레이에서 약세를 보이는 영석을 상대로 승리를 기대하고 있었다.

영석이라는 지향점을 둔 상태의 의식을 기반으로 집중력을 발휘하다 보니, 신기하게도 승률이 조금씩 올랐다. 계속해서 발전하고 있는 자신의 역량에 크게 고무된 것이다.

우승과 준우승을 차지하며 자신감은 극에 달했고, 1세트 첫 번째 게임을 브레이크하면서 승리라는 빛나는 글자를 훔쳐본 듯한 기분까지 느꼈었다.

'정말이지⋯⋯.'

무엇인가 뒷생각을 이어보고 싶었지만, 그렇게 하는 순간 맥없이 패배할 거라는 본능적인 직감이 든 이재림은, 괜히 양말도 바꾸어 신고, 라켓도 새 라켓을 꺼내며 심신을 새롭게 했다.

부우우—

그리고 2세트가 시작되었다.

*　　　　　*　　　　　*

쾅!

쾅!!

이재림은 공방일체라는, 자신의 장점을 쉬이 포기할 수 없었다.

'바운드를 유지하면서 공을 빠르게 보내기 위해서는 톱스핀의 양을 늘려야 한다'는 어려운 길을 택한 것이다.

그리고 그 선택은 탁월한 결정이 되었다.

'일일신신우일신(日日新又日新)이란 말도 빛을 바래는구나.'

고작 한 세트가 끝났을 뿐인데, 그새 발전한 이재림을 보며 영석은 부러운 기색을 숨기지 않았다. 90점에서 10점 올리기는 힘들지만, 60점에서 85점까지는 쉽다는 단순한 사실을 알고 있으면서 말이다.

쿵!

한차례 코트를 훑으며 흙먼지를 피어 올린 공이 날카로운 회전을 머금고 영석의 턱까지 오른다.

쉭! 펑!

영석의 선택은 이른 타이밍에 타점을 잡고 공을 치는 것.

쉬이익—

공이 떨어질 지점이 흐릿했다.

'어쩔 수 없지.'

적절한 타점에서 공을 처리하는 것보다, 상대적으로 예리함이 떨어질지라도 자신의 타이밍을 단축시켜 상대가 준비할 시간을 잘라먹는 것이 더욱더 효율적이라 판단한 것.

"……!!"

차, 차차차악!

과연 영석의 선택은 옳았다.

이재림이 기우뚱거리며 타이밍을 놓친 것이다.

공을 받아내는 것에는 지장이 없겠지만, 상대가 준비하고 있던 최상의 공을 못 치게 만든 것만으로도 충분했다.

펑!!

펑!!

그렇게 두 선수는 흙먼지를 피우며 한참 동안을 코트를 누비며 팔을 휘둘렀다.

6 : 5.

게임 듀스.

2세트 또한 영석의 서브 게임부터 시작했기 때문에, 6 : 5인 지금 이재림은 마지막이 될 수 있는 서브 게임을 준비하고 있었다.

"......"

"......"

두 사람의 시선이 날카롭게 충돌하여 뱀처럼 얽힌다.

서로 가볍게 호흡을 가다듬는 모습에서, 육체적인 피로는 전혀 보이지 않았다.

—따라잡고야 말겠다.

—따라잡히지 않겠다.

수 싸움을 넘어서 '누구의 의지가 끝까지 남는가'라는 태도다.

2세트는 마치 약속된 대련처럼 하나의 과정을 차분히 밟아 갔다.

자극적인 장면도, 눈이 휘둥그레질 정도의 슈퍼 플레이도 나오지 않았다.

자칫 지루할 수도 있는 대전.

그러나 관중들은 이 경기가 얼마나 수준 높은지 잘 알고 있는 듯, 한 사람도 자리를 뜨지 않고 흥분 대신 열기를 머금고 있었다.

—문제를 던지고, 답을 도출한다. 그 답으로는 해결할 수 없는

문제를 다시 던지고, 그에 대한 답을 찾는다.

단순한 알고리즘의 반복.

서브에서의 우위를 점하지 못한 영석이 밑천을 다 드러냈다.

이재림은 그걸 하나하나 깨뜨리며 영석의 발밑까지 따라온 상태.

'아쉽구나.'

'아쉬워.'

일순간, 두 사람 모두 같은 생각을 했다.

그리고 그런 기색을 알아챘는지, 멋쩍은 미소를 지었다.

퉁, 퉁, 퉁…….

이재림이 단조롭게 공을 바닥에 튕겼다.

훅―

그리고 이어진 힘찬 토스.

'좋구나.'

형광 빛 밝은 색이 파란 하늘에 턱하니 수놓인 모습이 퍽 보기 좋다고 생각한 이재림은, 곧이어 강하게 팔을 휘둘렀다.

펑!!!

"게임 셋 매치 원 바이……."

탁탁―

심판의 선언이 시작됨과 동시에 영석은 네트로 천천히 뛰어 갔다.

이재림도 마찬가지로 빠르게 네트로 다가왔다.

"고생했다."

"…괴물 자식."

짧은 말이었지만, 내포된 의미는 길고도 길었다.

"……"

"……"

두 사람은 입으로 못 한 대화를 눈으로 나눴다.

아니, 영석만 이재림의 뜻을 알 수 있었다.

—지금은 졌지만… 내년에는 어림도 없다.

굴복이 아닌, 잠시의 휴전을 의미하는 눈빛.

"파하!"

너무나 노골적인 시선에 영석은 한차례 크게 웃고는 이재림을 가볍게 안았다.

"숨 막혀, 이 덩치 큰 놈아."

이재림이 영석의 가슴팍을 살짝 밀치며 품에서 떨어졌다.

밀려난 영석도, 밀쳐낸 이재림도… 얼굴에는 미소가 떠나질 않았다.

그렇게 격정의 1라운드는 끝을 맺었다.

『그랜드슬램』 9권에 계속…

·· 부록 ··

1. 라파엘 나달(Rafael Nadal)

1.1 통산 커리어

통산 전적 806승 173패(82.33%)
통산 타이틀 69
최고 랭킹 1위(2008년 8월 18일)
현재 랭킹 6위(2017년 1월 30일)
통산 상금 $78,688,782

메이저 대회 : 우승 14회
호주 오픈 우승(2009)
프랑스 오픈 우승(2005, 2006, 2007, 2008, 2010, 2011, 2012, 2013, 2014)

윔블던 우승(2008, 2010)

US 오픈 우승(2010, 2013)

올림픽 Gold medal(2008 베이징)

1.2 기록

—클레이 코트 경기 최다 연승 : 81 경기(2005년 4월 11일~2007년 5월 20일)

—생애 처음 출전한 프랑스 오픈에서 우승 : 매츠 빌랜더(1982)와 타이 기록.

—10대에 세계 랭킹 2위 이상에 오른 3명의 선수 중 한 명(1973년 이후).

—한 해에 프랑스 오픈과 윔블던에서 모두 우승한 3명의 선수 중 한 명(오픈 시대).

—한 해에 프랑스 오픈, 윔블던, 올림픽 테니스 단식에서 모두 우승(2008).

—"Treble" 달성 : 한 해에 프랑스 오픈, 퀸즈 클럽 대회, 윔블던에서 모두 우승(2008).

—가장 많은 우승을 기록한 10대 선수 : 비외른 보리와 타이 기록(16회 우승).

—한 시즌 가장 많은 우승을 기록한 10대 선수 : 11회 우승(2005).

—가장 많은 연승을 기록한 10대 선수(오픈 시대) : 24경기 연승(2005)

—한 해에 3가지 종류의 코트(잔디, 클레이, 하드) 메이저 대회에서 모두 우승한 최초의 선수(2008)

—한 대회 6년 연속 우승(오픈 시대): 몬테카를로 마스터스(2005~2010)

—몬테카를로 마스터스 8년 연속 우승(2005~2012)

—로마 마스터스 5회 우승

—9개 마스터스 시리즈 결승에 모두 진출

—19회 연속 마스터스 시리즈 대회 8강 이상 진출 : 2008 함부르크 마스터스—2010 마드리드 마스터스

—ATP 월드 투어 마스터스 1000 대회 결승에서 1게임만 잃고 승리: 2010년 몬테카를로 마스터스에서 페르난도 베르다스코를 상대로 6 : 0, 6 : 1로 승리

—한 개 마스터스급 대회에서 6년 연속 우승 : 몬테카를로 마스터스(2005~2010)

—총 500회 미만의 경기에서 400승 기록 : 401승 91패

—한 해에 3개 클레이 코트 마스터스급 대회에서 모두 우승

—3개 마스터스급 대회에서 연속 우승(코트 종류에 무관)

1.3 개괄

라파엘 나달 파레라(Rafael Nadal Parera, 1986년 6월 3일~)는 스페인의 프로 테니스 선수입니다. 메이저 대회 단식에서 14회 우승하였으며, 2008년 베이징 올림픽 테니스 남자 단식에서도 금메달을 획득했습니다. 또한 ATP 월드 투어 마스터스 1000 시리

즈 대회에서도 28회 우승했으며, 스페인이 데이비스 컵에서 우승했던 2004, 2008, 2009년, 그리고 2011년 당시 스페인 대표 팀으로 활약했습니다.

그는 2010년 세 개의 클레이 코트 마스터스 1000 대회(몬테카를로, 로마, 마드리드) 및 클레이 코트 메이저 대회인 프랑스 오픈에서 모두 우승하면서 이른바 '레드 슬램(Red slam)'을 달성했습니다. 클레이 코트 경기에서 놀라울 정도로 강한 면모를 보이는 그는 '클레이의 제왕(The King of Clay)'라는 별칭을 갖고 있으며, 많은 전문가들은 그를 역대 최고의 클레이 코트 플레이어로 꼽습니다.

그는 2008년 프랑스 오픈에서 우승하면서 이 대회 4년 연속 우승(2005~2008년) 기록을 세웠으며 이것은 70년대 남자 테니스계의 최강자 중 한 명이었던 스웨덴의 비외른 보리의 기록과 타이를 이루는 것입니다.

또한 2008년 윔블던에서 라이벌 로저 페더러를 꺾고 우승하면서 윔블던에서 우승한 두 번째 스페인 선수가 되었으며, 이렇게 2008년 프랑스 오픈과 윔블던을 모두 우승하면서 오픈 시대 이래로 한 해에 프랑스 오픈과 윔블던에서 모두 우승한 역대 세 번째 선수가 되었습니다. 2009년에는 호주 오픈에서 우승하면서 스페인 최초의 호주 오픈 우승자가 되었으며, 또한 지미 코너스, 매츠 빌랜더, 앤드리 애거시 이후 한 해에 메이저 대회 중 세 가지 종류의 코트(하드, 클레이, 잔디)에서 모두 우승한 네 번째 남자 선수가 되었고, 아울러 동시에 세 가지 다른 종류 코트의 메이저 대회 타이틀을 모두 보유한 최초의 선수가 되었습니다.

2010년에는 US 오픈까지 제패하면서 역대 최연소 커리어 그랜드슬램을 달성하였으며(만 24세), 또한 앤드리 애거시 이후 두 번째로 커리어 골든 슬램(4개 메이저 대회 우승 및 올림픽 금메달 획득)을 달성한 선수가 되었습니다. 2014년에는 프랑스 오픈에서 아홉 번째 우승컵을 거머쥐면서 이 대회 최다 우승 및 최다 연속 우승(5회) 기록, 그리고 단일 메이저 대회 최다 우승 기록을 보유하게 되었습니다.

1.4 생애

나달은 스페인 마요르카 마나코르에서 아버지 세바스찬 나달(Sebastian Nadal)과 어머니 아나 마리아 파레라(Ana Maria Parera) 사이에서 태어났습니다.

그의 삼촌인 미겔 앙헬 나달(Miguel Angel Nadal)은 은퇴한 전 스페인 축구 국가 대표 출신이자 RCD 마요르카(Mallorca), FC 바르셀로나(Barcelona) 팀에서 뛰었던 축구 선수였습니다. 다른 삼촌인 토니 나달(Toni Nadal)은 프로 테니스 선수 출신으로, 나달이 세 살이었을 때 처음 그에게 테니스를 가르치기 시작하여 현재까지 코치 역할을 맡고 있습니다.

토니는 나달이 어렸을 때 테니스에 천부적인 재능이 있음을 이미 알아보았습니다. 나달은 여덟 살 때 11세 이하 지역 유소년 테니스 대회에 출전하여 우승하였으며, 한편으로는 촉망받는 축구 선수이기도 했습니다. 이때부터 토니는 나달을 맹훈련시켰습니다. 또한 나달이 포핸드를 양손으로 치는 것을 보고 그에게 왼손으로 플레이할 것을 주문했고, 이에 나달은 원래 오른손잡이였으나 이 조언을 받아들여 왼손잡이와 같이 플레이하기 시작했습니다.

나달은 열두 살이 되던 해에 그의 연령대에 해당하는 스페인 및 유럽 유소년 대회에서 각각 우승했으며, 이때까지도 테니스와 축구를 병행하고 있었습니다. 나달의 아버지는 그가 학교 공부에 소홀해지지 않도록 축구와 테니스 중 한 가지만을 선택하게 했습니다. 이에 나달은 '테니스를 할래요. 축구는 당장 그만두겠어요'라고 대답했습니다.

1.5 VS 페더러

2004년 이래로 나달과 페더러는 매년 여러 대회에서 경쟁해 왔으며, 남자 테니스 역사에 남을 만한 강력한 라이벌 관계를 형성하고 있습니다.

두 사람은 오픈 시대 이래 메이저 대회 결승에서 9번 경기를 펼친 유일한 남자 선수들입니다. 이 중 나달이 6번의 승리를 거두었으며, 그중 4번은 클레이 코트인 프랑스 오픈에서의 승리였습니다. 나머지는 2008년 윔블던과 2009년 호주 오픈에서 각각 한 번씩 승리했습니다.

두 사람의 2008년 윔블던 결승 경기는 많은 비평가들에 의해 테니스 역사상 가장 뛰어난 명경기로 손꼽힙니다.

1.6 VS 조코비치

나달과 노박 조코비치는 2017년 현재까지 총 49회 경기를 가졌으며(오픈 시대 최다 기록) 나달이 23승 26패로 열세에 있습니다. 잔디 코트에서는 2 대 1, 클레이 코트에서는 14 대 7로 나달이 앞서고 있으며 하드 코트에서는 조코비치가 18 대 7로 우세합니다.

2009년, ATP는 이 두 선수의 라이벌 관계를 지난 10년간 있었던 라이벌 관계들 중 3위로 선정했습니다.

조코비치는 나달을 상대로 10승 이상을 거둔 두 명의 선수 중한 명이며(다른 한 명은 로저 페더러), 나달을 상대로 7번 연속으로, 그리고 클레이 코트에서 2번 연속으로 승리를 거둔 유일한 선수이기도 합니다.

1.7 Play Style

나달은 강한 톱스핀의 안정적인 스트로크, 빠른 발과 넓은 코트 커버 능력을 바탕으로 베이스라인 뒤에서 공격적인 스트로크로 경기를 풀어나가는 전형적인 베이스라이너 스타일의 플레이를 펼칩니다.

타고난 운동신경과 빠른 스피드로 유명한 나달은 수비가 특히 뛰어나서, 공을 잡기 위해 빠르게 뛰어가는 상황에서도 매우 정확한 코스로 공을 칠 수 있으며 수세에 몰린 상황에서도 상대의 빈틈을 노려 위닝 샷을 만들어내는 능력이 탁월합니다. 또한 기본적으로는 베이스라이너 스타일이지만 네트 앞에서의 볼 처리 능력도 뛰어나서, 찬스를 잡으면 상대를 코트 밖으로 뛰게 만드는 깊은 어프로치 샷 이후 각도 큰 앵글 발리 및 드롭샷으로 포인트를 마무리하는 효율적인 네트플레이를 보여주기도 합니다.

이와 관련하여 일부 전문가들은 나달의 네트 앞에서 보여주는 정확한 터치와 기술, 그리고 포인트를 마무리하는 능력은 전반적으로 과소평가되는 면이 있다고 평하기도 하였습니다.

프로 데뷔 초기에는 서브가 나달의 약점으로 지적되곤 했으나, 이후 지속적인 발전을 이뤄 2005년경 이래로 그의 서브에 의한 득점 및 브레이크 포인트 방어 비율은 꾸준히 증가했습니다. 덕분에 하드 코트나 잔디 코트 등의 빠른 코트 대회에서의 그의 성적도 계속 향상되었습니다. 2010년 US 오픈 전부터는 서브 그립을 바꾸어 최고 시속 217km에 이르는 더 강력한 서브를 구사하기 시작했으며 서브에 의한 득점도 늘게 되었습니다.

나달은 톱 플레이어 중에서도 단연 돋보이는 스피드와 파워로 높은 평가를 받지만, 한편으로는 그러한 격렬한 경기 스타일이 가져올 수 있는 부상의 위험 때문에 언제까지 좋은 성적을 유지할 수 있을 것인지에 대해 우려하는 시각도 있습니다. 나달 스스로도 하드 코트 경기가 선수의 신체에 가져올 수 있는 부담을 고려하여 ATP 투어의 하드 코트 대회 일정 조정이 필요하다는 의견을 피력했던 바 있습니다.

*자료의 상당 부분은 위키피디아를 참조하였습니다

초대형 24시 만화방

신간 100%, 샤워실, 흡연실, 수면실(침대석), 커플석, 세탁기 완비

▪ 시흥 정왕25시점 ▪

경기 시흥시 정왕동 1742-13 미스터피자 건물 5층
031) 319-5629

▪ 강북 노원역점 ▪

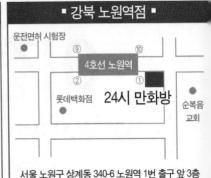

서울 노원구 상계동 340-6 노원역 1번 출구 앞 3층
02) 951-8324 (화용빌딩 3층)

▪ 일산 정발산역점 ▪

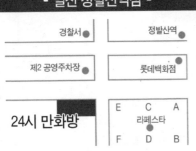

라페스타 E동 건너편 먹자골목 내 객잔건물 5층
031) 914-1957

▪ 일산 화정역점 ▪

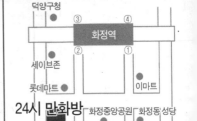

경기도 고양시 덕양구 화정동 984번지 서일빌딩 7층
031) 979-4874 (서일사우나 건물 7층)

▪ 부천 역곡역점 ▪

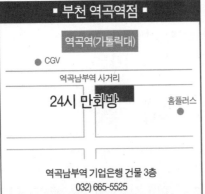

역곡남부역 기업은행 건물 3층
032) 665-5525

▪ 부평역점 ▪

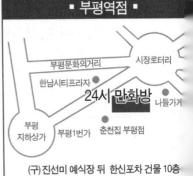

(구)진선미 예식장 뒤 한신포차 건물 10층
032) 522-2871